· 走近古典品人生系列 ·

我是人间惆怅客

词品纳兰心事

邓慧蓉◎著

哈尔滨出版社
HARBIN PUBLISHING HOUSE

图书在版编目（CIP）数据

我是人间惆怅客：词品纳兰心事 / 邓慧蓉著. —
哈尔滨：哈尔滨出版社，2014.2
（走近古典品人生系列）
ISBN 978-7-5484-1600-5

Ⅰ．①我… Ⅱ．①邓… Ⅲ．①纳兰性德（1654~
1685）–人物研究②纳兰性德（1654~1685）–词（文学）
–诗词研究 Ⅳ．①K825.6②I207.23

中国版本图书馆CIP数据核字（2013）第248133号

书　　名：**我是人间惆怅客：词品纳兰心事**

作　　者：邓慧蓉 著
责任编辑：邢万军　张　杰
责任审校：李　战
装帧设计：上尚装帧设计

出版发行：哈尔滨出版社（Harbin Publishing House）
社　　址：哈尔滨市松北区科技一街349号3号楼　　邮编：150028
经　　销：全国新华书店
印　　刷：哈尔滨市石桥印务有限公司
网　　址：www.hrbcbs.com　　www.mifengniao.com
E–mail：hrbcbs@yeah.net
编辑版权热线：（0451）87900272　87900273
邮购热线：4006900345（0451）87900345　或登录蜜蜂鸟网站购买
销售热线：（0451）87900201　87900202　87900203

开　　本：787mm×1092mm　　1/16　　印张：12.5　　字数：162千字
版　　次：2014年2月第1版
印　　次：2014年12月第2次印刷
书　　号：ISBN 978-7-5484-1600-5
定　　价：28.00元

凡购本社图书发现印装错误，请与本社印制部联系调换。　服务热线：（0451）87900278
本社法律顾问：黑龙江佳鹏律师事务所

序　雪花一飘，三百年

　　午夜独醒，在北国的天空下，又是一场盛大的雪景，飞花满天。冷艳与冰凉渗透心房。雪是世间最美的花，任何人都可以享受它的美，却没有人能拥有它的美。

　　当心怜的人们想要伸手握住它，它却在掌心慢慢融化，从指缝间轻轻滑落……

　　人们喜欢这样的花，尊敬它，也怜悯着它，因为它不是人间富贵花。

　　它们带着同样的故事，飘了千百年，依然飘着不变的姿态。

　　时光穿越三百年，在繁华的盛朝，它们展开冰晶，故事在清冷的空气中飘散开来。

　　富贵与平凡，才情与爱情，他用生命诠释着人们心中的一切。

　　于生命，他只是红尘一粟。

　　于尘世，他是孤独之花，独自绽放。

　　于尘缘，他是绝世情痴，多情而不滥情。

　　于才情，他是自负韶华，另成境界。

　　他把尘缘变成了出世之花，一飘三百年……

　　他是纳兰容若。

　　红尘落幕，那些被他染指的悠悠时光，蹉跎岁月，都随他一起融进历史的飞雪，百年飘飞，千年依旧。那一场场悲喜参半的爱恋晕染成纸页间的缕缕墨香，语调轻盈地诉说着一幕幕触动人心的千古传奇，依了款款深情的召唤，不觉间轻吟出口，句句皆是。

"别有枝芽，不是人间富贵花"，那是他傲骨风雪的人生态度。

"一生一代一双人，争教两处销魂"，那是他情到深处时，一汪醉入心田的醇厚清酒。

"当时只道是寻常"，那是他无奈的人生，那是他销魂蚀骨的悔恨，是他响彻天际的呐喊。

"人生若只如初见，何事秋风悲画扇"，那是他倾尽生命的感叹，悲凉了他，也悲凉了世界……

东坡说："人生到处知何似，恰是飞鸿踏雪泥。"然而，容若留给世人的何止是飞鸿踏雪，更是印入血与骨的烙印。

他的一生都是一个个唯美的传奇，表妹、卢氏、颜氏、官氏、沈宛，一个个让他魂牵梦绕，沁入心脾的名字。

只是在世俗中，他伤痕累累，他用一生去纪念那些生命的绝恋，她们成为他灵魂中永远的叹息，精神的祭坛，而他的妻子卢氏，更是他生命中永远的痛。

顾贞观、严绳孙、朱彝尊、吴兆骞……一份份让他不能割舍的情谊。

"君子之交贵在交心，相知贵在知心。"那些推心置腹的相交，至今仍是传奇。

他至情至性，他是一个词人，他的词家家争唱，人们只为在那凄婉幽深的意境里，在每一韵脚里寻找他留下的足迹。寻找那个文武兼备，能骑善射的翩翩少年。寻找那个才华横溢，超然世俗，渴望远走红尘的淡薄男子。寻找那个与爱侣阴阳相隔，却依然心灵相通的相国公子。

世人倾慕他的才华，倾慕他的深情，倾慕他贵族血里的纯净高洁，倾慕他独一无二的人格魅力。

渌水亭边，当雪花已经在天空散尽，最后的夜合花开出了最美艳的花朵，容若带着依然艳羡平凡幸福的心事，静静地离开了尘世……

他的一生伤怀而又美丽，像一首诗，一首超越了诗意的诗。

二百多年后，一位诗人这样轻轻地为他感叹道："成容若君度过了一季比诗歌更诗意的生命，所有人都被他甩在橹声后面，以标准的凡夫俗子的姿态张望并羡慕着他。但谁又知道，天才的悲情反而羡慕每一个凡夫俗子的幸福。虽然他信手的一阕词就能弥漫过你我的一个世界，可以催漫天的烟火盛开，可以催漫山的荼蘼谢尽。"

目 录

目录

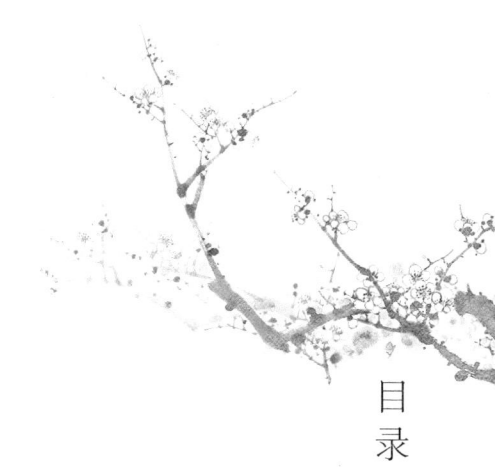

目录

第一章

梅梢雪：别有枝芽，不是人间富贵花

出生：君子以成德为行

采桑子

非关癖爱轻模样，冷处偏佳。别有根芽，不是人间富贵花。

谢娘别后谁能惜，飘泊天涯。寒月悲笳，万里西风瀚海沙。

踽踽独行在时间的长河，一路寻觅着历史的足迹，涉水在大清的洪波，我听到了一个孤寂的声音，仔细聆听，那是盛世的柔情，是温柔的浅唱，轻酌上一杯淡茶，细细品味。

盛世的王朝，一脸瑞和，在雪的世界里，显得轻盈了许多。朦胧间，我看到了他的身影，像一朵刚从云层里挣脱出来的雪花，带着圣洁，没有一丝凉意，在这样一个温润的天气里，缓缓坠入尘世。

他是一位翩翩的富家公子，却拖着沉重的步伐在世间漫步，像一个雪球，在情爱的雪地里滚打，越滚越大，越滚越沉重，轻抖一身，便飘满深情的羽瓣。

他便是纳兰性德，一个让无数人魂牵梦绕的名字，也是一个让无数人听到而肝肠寸断的名字。他是一个满是情爱，一生深情，却一生为情所困的情痴，更是才情四溢的"清朝第一词人"。

"第一词人"的称号于他不过是一片一吹即散的流云，而深入骨髓的痛爱和凄苦才是最真实的存在。历史的无情往往会洗去一些尘垢，然而，那些渗入深层的笔墨是永远无法抹去的。

他的到来如同雪花染了大地一片洁白一样，染了尘世人心的一片凄凉幽婉；更像一把火，点燃了悲凉人心的一野荒原。他注定为文化的圣坛、人世的情缘添上浓墨重彩的一笔，永远不可抹去。

时值三百多年前，那天是公元1655年的腊月十二，顺治十一年京城的繁华依然，只是街上的行人并不多，天空带了些许寒意，却没有冷风，也不吵闹，就连树上少有的鸟儿也只是在树枝间穿越，也不啼鸣；雪花飘得缓慢，一切似乎都在等待着一种无法言喻的美好。

整个世界静谧而庄重的样子像是在准备着一个庄严的仪式，等待着一个神圣的时刻，一个俊才的降生。

一声清亮的啼哭，昭示一段生命的开始，他在京城的明珠府降生了。

就在那年，一个长袖俊逸的青年来到了京城的广源寺。他走得毅然从容，在佛像前烧上一炷香，并在氤氲的烟雾中虔诚地祈祷，眉宇间洋溢着一丝欣喜和淡淡的自豪。

广源寺香火鼎盛，人来人往，他在人群中静静地等待着一个人，一个名满京城的禅师——法瑺大师。法瑺大师是位人人敬仰的禅师，但也很奇怪，他从不热衷于操办各种法事，只是讲佛，只是说法，在善男信女面前他也总是讲着一个禅机，唯一一个人人都能听懂的禅机，他说："如果你想要一张纸，你会怎么做呢？会跪倒在蔡伦塑像的脚下烧香许愿吗？"确实人人都能听懂，却深藏大意。

已近黄昏，人渐渐少了，他终于等到了和法瑺大师单独谈话的机会，他所求的只是希望大师能为自己的儿子起一个名字。因为他相信一个人的名字可以昭示一个人一生的命运。

法瑺大师微微笑道："《宋史》言：惟俭可以助廉，惟恕可以成德；朱子《论语集注》也有：言学者当损有余，补不足，至于成德，则不期然而然矣；更有《易经》者：君子以成德为行，日可见之行也。这孩子就叫成德吧。"于是，一个美妙的名字诞生了，一段传奇的人生开始了。

"君子以成德为行，日可见之行也。"君子的一言一行都在成就着自己的事业，而这些言行都是外显的，每个人都可以看到，感受到。

佛前求名的正是那婴儿的父亲纳兰明珠，他听到这个名字很是满意，心中满溢着欣喜，他希望自己的儿子将来会像他的名字一样，做一个真正的君子，以成德行。这就是父母对孩子最单纯的期望和祝福。

然而，世人更习惯叫他"纳兰性德"或是"纳兰容若"。只因皇室贵族规矩太多，是时，康熙皇帝立第二子为皇太子，太子乳名保成，"性德"实乃为避皇太子"保成"的名讳而起。但第二年保成便改名"胤礽"，"性德"又得以恢复"成德"。

虽然只用了一年，但是人们也更喜欢称他性德。纳兰性德，字容若，也有他的汉人朋友称其成容若，因他每每署名成德，或以效汉人以成为姓，故而称呼其成容若。就是这样一个名字，这样的昭然若揭，便注定要与汉文化一生形影相随。

纳兰容若，有时候读到这个名字甚至都忘了它是一个人名，它更像一首诗，不，它本身就是一首诗；它又像一幅画，有一种美不可言的意境，每个字都简单而又细腻，温文尔雅，如圭，如璧，如玉！

莫非，他真是从那传世的诗篇中走来，偏偏只为苍白他一世的才情而坠入凡尘间？

他率性纯真，超凡脱俗，他独爱诗词，与诗词为伴，飘摇一生。他喜欢诗词如同他喜欢雪一样，也许这和他出生的季节有一种莫名的联系。别忘了，他是同雪花一起来到这个世上的，雪花轻盈的体态，越冷越露骨的风格，它因风而舞，漂泊天涯，其质洁，其行芳；但它不是人间富贵花。

雪花赋予容若同样的高洁，他虽是清朝贵胄公子，"常有山泽鱼鸟之思"，却从不以富贵自居，他宁愿漂泊天涯，万水千山，在寒月冷夜里悲凉的胡笳声中，用一切苍凉来话别曾经，只与那万里西风及无垠的瀚海黄沙为伴。不做人间富贵花，做一个孤世的才子。

也许命运的悲凉就在此深深地为容若埋下了孤独的伏笔，缠绵一生。

成长：谁怜辛苦东阳瘦

采桑子

桃花羞作无情死，感激东风。吹落娇红，飞入窗间伴懊侬。

谁怜辛苦东阳瘦，也为春慵。不及芙蓉，一片幽情冷处浓。

迎眸着窗棂间凌乱的风的足迹，一个瘦弱的身影依偎在窗边。

他看着在东风里肆意飘舞的桃花，一片片，夹杂着冷光而泛着微红的颜色，慢慢飞到窗前，仿佛读出了他心底的啜泣。

他还年少，为何变得这般落寞？

他是哀愁的，也是孤独的，抑或天才注定就要孤独，是貂蝉的乱世桃花逐水而流，还是崔护"去年今日此门中，人面桃花相映红，人面不知何处去？桃花依旧笑春风"的迷离怅惘！他在做着一个梦，一个薄光弥漫清宵的幻梦，在他的幻梦里是一片浩渺的沧波，而他是枯海的遗壳，慢慢地就要被淹没，他迷茫并哀伤着……

他就是那自怜自恋的东阳。

东阳为谁？

说南朝时有一美男名曰沈约，曾任东阳太守，所以世人便称他沈东阳，他是曾助萧衍谋得帝位的重要谋士之一。他才情满腹，虽只是一介文人，却心怀宰相大志，一心想执掌大权。

然而，梁武帝虽很器重他，却也深深地提防着他，给他很高的虚衔，始终不敢委以重大实权。沈约深感抑郁，空负才情，因此而"革带常应移孔"（日渐消瘦，腰带常常要移动孔位）。

是时，南朝有以瘦为美的风尚，加之他的美貌，于是"东阳瘦"便成了流行之态。此时容若自比"东阳瘦"，不知他心中是怎样的抱负，又是怎样的怀才不遇和道不尽的迷离哀怨？

也许容若不该有这样的哀怨，比起那些"赚得英雄尽白头"的人，他是很幸运的了。他出身名门贵族，繁华著锦，满洲正黄旗人，纳喇氏。父亲纳兰明珠"掌仪天下之政"，权倾朝野。而母亲爱新觉罗氏为英亲王阿济格的第五女，一品诰命夫人，这是无数人求之不得的荣耀，这样的皇亲国戚足可令多少人望而生畏，望洋兴叹。

容若从小也很敬仰自己的父亲，他希望能像父亲一样名满天下，万世流芳，他惊叹父亲那传奇的人生。

纳兰明珠从懂事以来，心中便确定了自己人生的发展方向，他虽继承了英雄的家族血统，但除了显赫的纳喇氏血统以外，其他什么也没有。

然而他拥有精明的头脑、干练的作风和稳重的性格，能言善辩，正是一个政客应具有的全部素质；他只需要静静地等待着一个机会，一个让他龙出升天的机会。

"天生我材必有用"，在短短的顺治年间，明珠便从大内侍卫晋升为銮仪卫治仪正，常年伴天子左右。时间进入康熙王朝，明珠更是乘风破浪，步步高升，从内务府郎中、内务府总管、弘文院学士、刑部尚书、兵部尚书，又晋太子太师，可谓鱼跃龙门而志得意满，名噪一时，世人以"相国"荣称。一颗耀眼的明珠终于抖落了一身风尘，散发的光芒穿透了繁星泛滥的每一层颜色，让人不敢直视。

然而成功的宝座从来都不是只因富贵便可荣登的，"富贵于我如浮云"！

容若深深地明白这个道理，他并没有想去坐享锦衣玉食的奢靡生活，更不想去意识那些凡尘中虚妄的高贵。他倒更愿意骑上一匹温驯的马儿，

在丛林或者平原上驰骋。他想做一个真正的男儿，能文能武。

他告诉自己将来要有文人的长衫，诗人的才情，贵族的傲慢，也要有武士的体魄和狼一样的意志。也许上天在他降临之前就已经给了他一些天知。

他明白：无论在怎样文明的社会也无非是另一种丛林，只是猎食的手段和方法变了而已，作为丛林的法则永远只有一个：适者生存。

因此，尽管他出身豪门，但并没有那样舒适安逸地享受他的童年，他没有牧童的悠闲，没有纨绔子弟的无忧无虑和恣意妄为。

容若开始舞刀弄棒，苦练骑射，他们虽是享受先辈的战功，但也必须学会统治，学会惩罚，不然就被历史的潮流更替。这并不是儿戏，每次训练他都有些胆寒，骑射也不仅仅是单兵战术，更要训练协同作战。冲锋，射击，搏斗，这些对于一个孩子来说意味着什么？

他的童年生活便从这里开始了。

比起这些艰辛的让人疼痛的训练，他更喜欢读书，使他的精神得以升华，灵魂可以重生。父亲虽然不经常读书，但书房的藏书却不少，而他就时常陶醉在书房里。汉人文化博大精深，让他感叹万千！《史记》《汉书》《春秋》《论语》《后汉书》……故事那么精彩，优美的文笔，波澜壮阔的句子，无不震颤着那幼小心灵的弦，引他入胜，爱不释手。

在这浩瀚无垠的文化海洋和挥汗如雨的骑马场里，容若渐渐成长起来。

努力终究是有回报的，皇天也不负有心人，容若十七岁便进太学，十八岁中举人，可以说是少年得志，对于这样的成就，他应该是备感自豪的。手握一把折扇，摇动着文人的气质，释放点点才情。

但上天都是妒英才的，命运也总是这样安排，也许这是个不适合考试的季节，至少不适合容若。

在他十九岁时，一次突来的寒疾堵住了容若殿试的路，遗憾未能参加那年的殿试，机会与他失之交臂，自然也就榜上无名了。这可能就是上天给他的第一个挫折。

然而，"天将降大任于是人也，必先苦其心志，劳其筋骨。"在此后的两年时光里，容若变得沉默少言，也许是心有不甘，也许是无奈命运。也因此，他更加坚定了走文学的道路，他汇编了《通志堂经解》。

古有："文王拘而演《周易》；仲尼厄而作《春秋》；屈原放逐，乃赋《离骚》；左丘失明，厥有《国语》；孙子膑脚，《兵法》修列；不韦迁蜀，世传《吕览》"，即使相隔千年，却也这般相似！也许容若早就为这一切做好了准备。

挫折让他成长了，也成熟了，懂得了人生的一些无奈，人间的抑郁。开始喜欢忧伤的季节，幽香暗冷的渲染，正如那句"不及芙蓉，一片幽情冷处浓"；不难想象他的心情，本可芙蓉镜下及第，而今一错就是两年，"于世所称落落难合者"，不如往常。

天幕不再是那无忧的华盖，没有再描着心灵的云彩；大地也不再任意地伸展，摩天的山岭阻隔远眺的视线。心和泪跟了海水，连影子也跟着徘徊。美好的憧憬正在烟消云散……

这世界突然间就变得平荒，谁能看到？

它正在孕育着为这里平添一层绚烂！

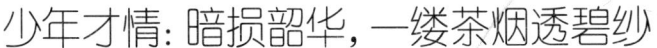

少年才情：暗损韶华，一缕茶烟透碧纱

采桑子

冷香萦遍红桥梦，梦觉城笳。月上桃花，雨歇春寒燕子家。

箜篌别后谁能鼓，肠断天涯。暗损韶华，一缕茶烟透碧纱。

容若十七岁便中举人，这不是天意，而是刻苦得到的回报，父亲的书房给予他高中的资本，也给予了他年少的才情。

有人说时间如流水，匆匆即逝。我要说，时间如久未愈合的伤口，走一步痛一步，分分秒秒，伤都在延续，偶尔还会流出记忆的血水。

有人说往事如轻轻的风，一吹即可散去。我要说，往事如尘封多年的老酒，喝一口醉一世，醉醉醒醒，痛仍在继续，随时都会滴下相思的眼泪。

时间也给容若沉淀着一层苦涩，成长的苦恼渐渐蔓延，总有一些季节让人伤感。

深深的别院里，已是月上中天，府里的人早已入睡。他刚刚放下手中的诗卷，吹灭蜡烛，准备入睡，突然不知从哪里飘来一缕冷香，刺破了黑暗的浓重，在这样一个温暖如水的夜里，仿佛是从深沉的梦境中飘来，带着冷冷清清的味道，醉尽了所有的芳醇！

容若打开房门，走在蜿蜒曲折的长廊，寻找那一缕奇香飘来的地方，在浓郁幽青的花木中穿越而过。

细花绿叶间，花草深处……一缕缕淡淡的、虚无缥缈的清香就在满目月光洒尽的庭院氤氲萦绕，一丝一丝，随着蒙着雾的空气传入容若的鼻尖。

那是谁的梦？容若追着冷香寻找着这个梦境。

早上就盛开的桃花已经被春风吹落了一些，满庭落芳。在月光的浸润下，枝头又有些花苞继续颤颤巍巍地开放着，似乎一切都只为应和着那缕梦境里飘来的奇香。一会儿，不知什么地方隐隐约约传来箜篌的乐声，若有若无，缠绕着那缕冷香在清新的空气里幽婉地飘散。容若细细品味着，仔细聆听，却始终听不出传来的方向。

那若有若无的箜篌声不就是寄托那些苦苦等候的相思之情吗？

"箜篌别后谁能鼓，肠断天涯。"都是天涯断肠人，不知那弹奏箜篌的人是否在喧哗的人群中也听到容若心底的呐喊。他们都在用苦苦的等待去回忆曾经的幸福，而在这春夜里，写满了离别的风，挂满了相思的月。容若淡淡思量！

不知道是什么时候，那箜篌声已经消失得无影无踪，而夜又恢复了平静。容若慢慢走回自己的房间，床边的书案上，茶杯里的茶香正袅袅透过碧青色的窗纱与窗外的月色合为一体。

也只有容若这样"以自然之眼观物，以自然之舌言情"的细腻的断肠人，才能体会那样的一缕冷香，那样的一声箜篌声。

这时的容若不过十九岁，花季少年，却有着这般情肠，能不让人瞠目结舌？

说到年龄这还不够，容若流传下来最早的诗是他七岁时所作的《上元月蚀》：

> 夹道香尘拥狭斜，
> 金波无影暗千家。
> 姮娥应是羞分镜，
> 故倩轻云掩素华。

　　这里就不得不提容若的小名"冬郎"。古人或许有因孩子出生时间而起名的习惯，如唐伯虎出生于寅年寅月寅时，故而又叫唐寅。

　　因容若出生在腊月，所以家人都叫他冬郎。这也是唐代诗人韩偓的小名。韩偓是有名的神童，吟诗写作一挥而成，其父韩瞻是李商隐的故交，李商隐曾赠诗韩偓，大加赞赏："桐花万里丹山路，雏凤清于老凤声。"雏凤清声便是他的写照，此冬郎可谓才华横溢，七岁就能成诗。天才竟都是如此相似！

　　容若和家人一起过着元宵佳节，京城的元宵节还是那么热闹，街市喧哗，灯火璀璨，大街小巷弥漫着各种美食的香气。然而月上的嫦娥好像害羞了，不肯移开镜子露面，还故意用一层云雾遮住了月亮原有的素华。

　　诗的内容虽然简单易懂，但完全符合诗的错综复杂的平仄韵调，巧妙的写作手法，更把诗人的天马行空的想象力和他的聪慧展现得淋漓尽致。凡俗如我们实在是难以置信。

　　也许你正在惊叹，想要找些语言来表述你的心情，请不要着急，因为等你看完了这首词，相信一切的语言就都苍白了。

梅梢雪·元夜月蚀

　　星球映彻，一痕微褪梅梢雪。紫姑待话经年别。窃药心灰，慵把菱花揭。

　　踏歌才起清钲歇，扇纨仍似秋期洁，天公毕竟风流绝，教看蛾眉，特放些时缺。

　　这年的容若才十岁，容若的风华，让我相信他的绝世才华似乎是与生俱来的；不然这样的少年在元宵节怎有这样的惊现。

　　京城的元宵节依然繁华美丽，到处都是花灯和焰火，梅梢的积雪也竟然在这一夜间微微地融化了一些。紫姑带着一些伤感，想要与人诉说多年离别的情绪，而美丽的嫦娥总是遮住月亮的镜面，她正在为当初偷取仙药独自上这冰冷的广寒宫而懊悔不已。月亮的光华被深深掩盖了，但不一会儿人间的铜锣声就把吃月的天狗赶跑了，月亮又恢复了明艳皎洁。人们也兴奋了起来，欢欣跳舞。哎，天公毕竟风流，特地让天狗食月，只为了看一眼月亮那美丽的蛾眉。

其中姿态，不容细说也明了，这样的艺惊四座又怎能让人不叹，不感，不惊。

有人说这首词并非他在十岁之时所作，词风成熟，用典甚多，更有些风流之态。一个十岁的孩子写不出这样的词。但这些真的重要吗？"世上本无事，庸人自扰之"，是不是十岁所作可能也只有容若自己知道了，争论已是无关紧要了。

然而，清新脱俗的气质与无与伦比的才华已是毋庸置疑，如同夜莺的啼鸣，一声划破沉寂幽深的夜，在阴冷的树林间，让我们口角噙香。

世人都不吝于用最优美的词语去描述他的形象。

容若的才华像一只正在丰满羽翼的雏鹰，渐渐就可以在天空翱翔，他傲视着世间苍凉，他要做一个举世的才子。

在容若十七岁那年，京城秋水轩别院发生了一件轰动一时的文坛盛事，也是中国诗词史上的一件盛事——秋水轩唱和。

古人言："问渠哪得清如许？为有源头活水来。"古人很明白这个道理，任何事物都只有不断地注入新的元素才能永葆新鲜活力，生命才能永逸，诗词更是如此。

这天，秋水轩别院的主人孙承泽的好友周在浚前来拜会他，两人感情甚好。在此期间，孙承泽安排周在浚住在自己的秋水轩，秋水轩风景宜人，实乃文人雅士吟诗写作的佳所。

周在浚喜欢填词，也算得上是一时才俊，小有名气。因此，周围的很多文人雅客便慕名而来，一时似有"群贤毕至，少长咸集"的盛况。

文人相聚，一觞一咏。

诗人骚客们的雅兴往往就在这时候膨胀。其中一位名叫曹尔堪的访客诗兴大发，挥笔便作了一首《金缕曲》，颇有神韵，众人读后大加赞许。

然而文人相聚总不免心生技痒，都想各显风骚。于是，文人名士们都纷纷唱和，以《金缕曲》为词牌，写出了不少词，而这些唱和的词均和曹尔堪的词是一样的韵脚，这是"步韵"，难度甚大，也许也正是因为难度大才更能引起文人们的兴趣，有暗暗较量的意思。

然而完全没有想到这次写词唱和的影响越来越大，天南地北的风流才子都闻风而来，可谓声势浩大，波及全国。这样的盛况持续了一年之久，康熙初年的文坛风气也顿生活力，可谓一个诗词生命的新摇篮。

后来，周在浚把这些词汇编成《秋水轩唱和词》，共收录了二十几位文人一百七十多首词，而其中就有容若的这首《金缕曲》，更值得一提的是当时的容若只有十七岁，这样的少年便可与天下文人媲美，才气逼人。

金缕曲

疏影临书卷。带霜华、高高下下，粉脂都遭。别是幽情嫌妩媚，红烛啼痕休泫。趁皓月、光浮冰茧。恰与花神供写照，任泼来、淡墨无深浅。持素障，夜中展。残釭掩过看逾显。相对处、芙蓉玉绽，鹤翎银扁。但得白衣时慰藉，一任浮云苍犬。尘土隔、软红偷免。帘幕西风人不寐，怅清光、肯惜鹣裘典。休便把，落英剪。

书卷上闪烁着扶疏的梅花影，此时的梅花还带着霜华，高高低低，粉红的颜色好像都被卸去，那梅花别是一种幽情和妩媚，故不须红烛滴泪照明。皓月之下，皎洁的月光照在朵朵梅花上如同洁白的蚕茧纸。就像是一幅淡淡灵动的水墨画在夜间慢慢伸展出它的神韵。将残灯遮起，再看那梅影就更加清晰动人。像是刚刚绽开的玉芙蓉，处处是银白色的花瓣。然而，这世事变幻无常，西风又卷起幕帘，再也无法入睡。

一幅幅幽静的画面在清新的字句中闪耀着美丽的倩影，而下阕却峰回

路转："但得白衣时慰藉，一任浮云苍犬。"白衣代指酒，但愿美酒能给我慰藉，那些世事的沧桑变幻就任由它去吧。

其中"浮云苍犬"源于诗圣杜甫《可叹》："天上浮云如白衣，须臾改变如苍狗"。

小小的容若在此词中似乎已经微微现出几分不理人世俗世的态度，也许是故作深沉，但却又那么真实；也许是浪沙淘尽，但却又那么年少。

如此韶华，意境幽深，清丽哀婉，怎么不为他的少年词情扼腕惊叹！

不愧了王国维先生的那句"北宋以来，一人而已！"

第二章

美人烟：一生一代一双人

相遇：相看好处却无言

如梦令

正是辘轳金井，满砌落花红冷。

蓦地一相逢，心事眼波难定。谁省？谁省？从此簟纹灯影。

爱情是深藏心底的生命，是生命中新绿的欢乐。

尽管天空都用忙乱的阴霾洒在他记忆的童年，只是孤独，只是无助，但不世的才子总有一些不世的付出，他默默地承受着……

然而，一个美丽的身影闯进了他的梦，使之斑斓，越走越近，她的气息一阵阵袭来，那漫无止境的芬芳激起了他心底的骇浪，但她却始终躲在朦胧的碧纱后面，看不清她的脸。

他欣喜若狂，凝视着那全然妩媚的姿态，享受一个个让人晕厥的瞬间，一直等着她的出现。

那是年少的爱，情窦初开，是世间最陶醉的天籁。

容若的童年虽然充实，有时候却也还是乏味的，没有陪同的伙伴，没有一起可以嬉戏的兄弟姐妹。走到哪里都只会听到"公子"二字，府里的下人都总是毕恭毕敬。没有人可以懂一个孩子孤独的心。

他总是仰望，在满城风絮的春日，在繁星飘零的夜空，在扬着紫藤萝花瓣的风里，眸子开始徜徉着孤世的忧郁。他很喜欢用专注的眼神盯着明珠花园里的油桐树发呆。

康熙年间的天空总是一片深邃的蓝，蓝到似乎可以澄清世人的心事。高高大大的树上，葱郁碧绿的叶子婆娑一片，那些葱绿都载满了每个凡夫俗子的心愿。

粗壮结实的枝枝干干上绽放着浮云般洁白的油桐花，它们密密实实抱在一起，脸面朝上的花瓣在阳光的罅隙中薄若蝉翼晶莹透亮。偶尔有大朵的悠悠白云飘然而过，一阵微风掠过后，一股子浓郁扑鼻的清香渗进鼻息中，很是惬意。

那是一个暮春三月、燕飞莺语的季节，天空蓝澄澄的，院落里的紫藤开了，一串一串晶莹的紫色从碧绿的藤上垂下来，花瓣在蜜糖色的阳光下熠熠生辉。

姑姑拉着母亲的手在屋里闲话些儿女家常，表妹则跑到紫藤树下来找容若玩。辘轳金井周围的石阶上层层落红铺砌，使人不忍践踏，表妹伴着满地的落英闯入容若的视线中。

他是天生的情痴，只要尘世给了他相爱的机会，他便一往情深。

在这阑珊的暮春时节，两人突然相逢，"蓦地"是何等惊奇，韶光流转，表妹竟已出落成这般美貌，并能弹得一手好琴。他也长成了一个翩翩美少男。容若和表妹之间的这种情是突发的，不可预料的，也是不可阻拦的。

在男女授受不亲的时代，一见钟情所带来的冲击无法想象。可是，女子的心又是最不可捉摸的，"心事眼波难定"，惊鸿一瞥的美好情感转而制造了更多的内心纷扰。

表妹的一个眼神、一句话语便能引来容若的诸多猜想。所以，"谁省？谁省？从此簟纹灯影。"这突转的心理变化，正是刹那间的欣喜之后突然又被浸入了绵绵不尽的忧愁和疑惑，对方的心思无法捉摸，未来的不可测又添上了一份恐慌。

于是，夜深人静的青灯旁，孤枕畔，又多了一个辗转反侧的不眠多情郎。

时间已经接近午夜，一切似乎安静，躺在床上的表妹却没有睡意，隐约听到庭院里传来一阵轻柔的曲儿，虽然很轻，但在这么寂静的夜，还是显得有点突兀。

表妹悄悄从床上爬起来，从门的缝隙里看到走廊的灯笼照出柔和的光，那光和月光融合在一起，显得夜是那么静谧，耳边除了这曲声，剩下就还是安静……

原来，是一袭长衫的容若，正在用树叶吹奏着乐曲。借着庭院的微微月光，表妹仔细地看着眼前的容若，他脸部的轮廓清晰可见，是那么俊美，他嘴唇的弧角相当完美，似乎随时都带着笑容。

这种微笑，似乎能让阳光猛地从云层里拨开阴暗，一下子就照射进来，温和而又自若，但他深邃如黑潭般的眼睛里却隐藏着一丝玩世不恭，让人觉得有一种遥远的疏离感。容若将巧妙的吹奏技巧与浓浓的悲伤之情互相结合，让表妹感觉她似乎觅到了知音，不自觉就循声而去。

眼前的容若为何会有这般哀愁，表妹不解。却不忍打破这样的氛围，只是慢慢走近，驻足，倾听。

音律由他吹出，但那份悲伤却从表妹心底不觉地流露，他也在思念什么人吧，也许是他的至爱之人。

表妹弯腰捡起地上的一片落花，放入嘴里轻轻地咀嚼，她的目光呆呆地停在容若的身上，他的身上仿佛散发出一种极细微极锐利的光，那光直直地射入表妹的眼睛，就那么一瞬间，可以穿透一个人的心脏。

容若一曲吹奏完毕，转身看着眼前的人儿，从她的眼中，他明白，她听懂了自己的心，听懂了自己的思念。容若微笑，转身回房，不一会儿，拿出新作的词递给表妹：

十八年来坠世间，吹花嚼蕊弄冰弦。多情情寄阿谁边？紫玉钗斜灯影背，红绵粉冷枕函边，相看好处却无言。

"吹花嚼蕊弄冰弦"这是容若眼中表妹的娇憨模样。"吹花"，就是用树叶吹出音调；"嚼蕊"是口嚼芬芳的花蕊，使口中带有香气；"冰弦"是冰蚕丝做的琴弦。

这些是容若把眼前的一切用文字表达出来了，那种美好，譬如幸福、时光、一种心情、一场奇遇，甚至一朵花开和在某首词中读到的细微又美好的句子。和李清照与夫君"赌书消得泼茶香"异曲同工。表妹的美好，是那种说不出的美好，正如容若写的一样，"相看好处却无言"。

容若有些莫名激动，那是少年情窦初开的欣喜，他只想每时每刻都可以看见表妹，心中满是她的好，可是她真的好在哪里，又说不上来。也许是对方在自己心目中太完美，不知从哪里说起，再好的语言也表达不出心中的赞美，所有的语言在真正的美丽面前，也黯然无光。

"相看"二字让表妹的脸红了，她明白她的眼神出卖了她的心，自己对容若倾心的感觉已经被他洞悉。什么是真正的爱情？这一直是女人穷追猛问的问题。

沉醉爱河的表妹，和容若一样，已不需要追问答案，这就叫默契，这是男女相爱的最高境界。

和表妹相处的时光，容若清秀忧郁的眉目一点一点舒展，他不再忧郁那枯燥无趣的骑射训练，只要想到她的样子，他就心如甘醴。

他不再仅仅沉浸在诗书文辞的字字震撼里，只为想着身边的表妹，他似乎有了一日不见，就如隔三秋的感觉。

在每一个梦醒的时刻，他想着表妹的每一个动作，她说过的每一句话，每一个眼神和每一句言外之意……

他不自觉地在脸上露出了甜甜的美意，表妹的一切都在他心里落成一道道美丽的风景，近乎完美的风景。他知道，这就是爱情最初的美，她已经占据了容若的整个世界。

容若知道，此刻他的幸福真的来了。在这风月盛极之地，身边有爱自己的人，而他对她，爱得更甚。从他成年后见到表妹的第一眼，那一瞬变成他生命里一帧剪影，在记忆里历久弥新。他们从相识到相知，相隔的时间并不长，也就是从暮春到清明之后。

减字木兰花

相逢不语，一朵芙蓉着秋雨。小晕红潮，斜溜鬟心只凤翘。

待将低唤，直为凝情恐人见。欲诉幽情，转过回阑叩玉钗。

你见过黎明时分的第一道光线吗？每次见面，她那美丽的容颜就像是黎明时分的第一道光线一般射入他的眼中。此时，少年纳兰的内心忽然盛开了万顷碧荷，花房充满阳光。

他含情不语，就在此时，她的心开始慌乱了节拍没命乱跳。忍不住回头去寻找那个身影，却又和一双炽热的眼相对，便再也受不了自己的面红耳热，她插在鬟上的钗环也微微颤动。这种娇羞，落在少年的眼里，宛如清荷在秋雨中轻轻颤动。他想要开口唤她，可却又怕二人双眼凝情的模样被别人看到。再看她时，却又是灼热的目光交错。

温暖、欣喜、惊讶、不安……

所有的感觉如泉涌般侵袭而来，他们都有些手足无措，只是呆呆地望着彼此。在擦身而过的瞬间，她摘下头上的玉钗轻轻地在栏杆上敲了敲，便扭头匆匆跑开了。她知道，他明白！

他望着她的背影，好像一朵带露的芙蓉一样摇曳生姿，少年那一刻的心底心神激荡，嘴角也忍不住上扬，内心的喜悦感，满满的都要溢出来。

"有一天，你带着新鲜的奇迹走进了我的生活，我的生活正随着初恋而悸动。从此以后，初次尝到的那种欢乐的温柔羞怯之情，就年年来临了，就藏在你那柠檬花的又早又青的蓓蕾里，而你那红色的玫瑰花，又在它们灼灼燃烧的沉默里，囊括了我心里一切没有吐露的言语，而抒情时刻的回忆，三月里的那些日子，则在你那一再新生的嫩叶的兴奋激动里簌簌作响。"这不正是初恋的体会吗?

"金风玉露一相逢,便胜却人间无数",他的心今后再也无法平静了。

这时的容若内心是何等柔软缠绵啊,不知道日后,他回忆起当时的情景,内心又是何等不堪啊!

她多像盛开在他青春里的第一朵烟花,轻微炸响,绚烂至极,然后悄无声息地熄灭。温馨的回忆,断肠的现实,日后读来,怎么不让人凄然泪下?她那云发间的凤钗在他的回忆中永远地回应着那天阴晴不定的光线,明明暗暗,迷离如当年。

此时,容若的心是甜甜的、腻腻的、滑滑的。从树叶缝隙透过来的微薄的阳光,稀疏的风儿,将她幽移的莲步,如水般荡漾的裙摆,勾勒成了一幅摄人心魄的图面。她,一回眸,欲语还休,轻叩栏杆。这一幕,将永远地保存在他的记忆里。

缘来：为情许下一诺

弱水三千，只取一瓢饮。这样坚定，在多少个不眠的夜里，寸寸扰乱他的心肠。

是前世修来的缘分让他们在今生得以相逢，自那惊鸿的一瞥，他们便成了永远的牵绊。他坚定着一个信念，承诺可以让爱变得完满，变得永恒。

懵懂的爱情总是青涩的，容若只是开心，那是一种无法形容的快乐与甜蜜。还青涩的他不敢捅破那层薄如翼的窗户纸，不敢说出心中的爱。但他不知道美好的时光总是一飞即逝，没有永远的永远。

容若知道，表妹毕竟不是自家的兄妹，自然不会常住明珠府。她没过几天就离开了，和母亲一起回到了她自己的家中。快乐的时光终究还是结束了。容若又回到了当初的孤独，只是现在心里却多了一点沉重，多了一份相思。

无疑，在这段时间里表妹的才华与容貌完全征服了情窦初开的容若。不知不觉中，容若已跳入了爱的罗网，而且将越爱越深，无法自拔。也无须自拔，就让爱的火焰尽情燃烧。

一天一天，相思的情感愈演愈烈，无法控制。虽然他不知道自己的思念爱慕之情表妹能不能看见或感受到，但思念是没有界限的，就像爱没有理由一样，于是他只好将自己的思念化成一首首优美的诗词，在诗词中尽情流露，就像这首《采桑子》一样：

> 谁翻乐府凄凉曲？风也萧萧，雨也萧萧，瘦尽灯花又一宵。
>
> 不知何事萦怀抱，醒也无聊，醉也无聊，梦也何曾到谢桥。

　　听，又是谁在夜里演奏着那悲凉凄切的乐府旧曲？无尽潇潇的风雨声里映衬着孱弱的曲调，长夜漫漫，不知不觉红烛已经燃尽，那燃烧过的灯芯如人受损的衣带，寸寸断落。

　　他枯坐在微弱的灯光前。"不知何事萦怀抱，醒也无聊，醉也无聊。"不知道何事萦绕心怀？清醒时意兴阑珊，沉醉时依然愁情袭上心头。自从相见后便始终对表妹无法忘却。已然无法忘却，即使是化成了诗词。

　　然而，天公喜悦的时候也总会作美的，命运就是这样安排的。表妹又随着母亲来到了姑姑家，虽然叙聊家常是常有的事，但只是这次迟迟才来。不管怎样，容若和表妹终于又见面了。他们还是和往常一样谈诗论琴，舞文弄墨。

　　这天，表妹正在书房翻阅着容若的诗词，偶然间，一页薄纸从书中滑落下来，表妹拾起细细品读，脸上微微地露出欣然笑意，心中像一泓温泉泛起一圈圈涟漪，温暖不已。此时，容若走了过来，表妹凑上去羞怯地说道："表兄现在才华横溢，已是大名鼎鼎了呀！"

　　容若带着柔情和几丝忧郁微微笑着："什么大名鼎鼎，恐怕只有表妹这么恭维我了。"

　　"我可说的是真话，在时下天下咱们女儿家谁没听说过你呀！你的那些好诗好词都让她们倒背如流了。"

　　容若微微笑道："好厉害的一张嘴呀。"

　　"我可以背一首给你听啊！——夕阳谁唤下楼梯，一握香荑。回头忍笑阶前立，总无语，也依依。笺书直恁无凭据，休说相思。劝伊好向红窗醉，须莫及，落花时。"

容若含羞地摸着自己的额头："这首词是为兄胡乱写的。"他生怕表妹言明自己词中的心意而觉尴尬。

"乱写的？这可是有你的落款，丙申年春，正是我们上次分手的时候，表兄要是不肯承认就是另有'手握香荑'的人了。"表妹追问道。

表妹的追问让容若为之一惊，也为之一喜，没想到表妹和自己是两情相悦的，容若此时诚然是说不出心中的欢喜了。"没有。"容若连忙答道。

少年时代的感情就是这样酣畅淋漓，没有权益世俗的充斥，就是这样纯洁的爱才可以全心全意，在心底只有一个人，没有任何目的，只是完完全全地想着对方，依恋着对方。在纯真的爱情里，永恒也是如此简单。

"郎骑竹马来，绕床弄青梅，同居长干里，两小无嫌猜。"

我想，容若和表妹就是如此吧！然而，与表妹的重逢只是一时，思念却是一世，那些表妹不在的日子，说不完写不尽的相思苦又该如何处置？

采桑子

拨灯书尽红笺也，依旧无聊。玉漏迢迢，梦里寒花隔玉箫。

几竿修竹三更雨，叶叶萧萧。分付秋潮，莫误双鱼到谢桥。

相思之泪是永远流不干的，就像那句"多少滴残红蜡泪，几时干？"，除了诗词还是诗词，这是容若最好的表达，虽不似前首"谁翻乐府凄凉曲"那样凄切彻骨，也没有那样低迷哀伤，但意境萧远绝不逊色于前词。两种风骨一般相思，如花开两树，各艳一方。

容若似乎天生就是为情而生，爱情是他词中一个永恒不变的主题。"谁道世间真意少？人间自古多情痴"，情痴注定是要痛苦的，"一种情深，十分心苦"，何况是像容若这等情痴。

古时候的人们喜欢称自己爱慕的女子为"谢娘"，谢娘的家自然就叫"谢家""谢家庭院"或是"谢桥"。可能是因为谢字更能道尽那些爱慕之情吧！在容若的词里"梦也何曾到谢桥"，"莫误双鱼到谢桥"，"谢桥"二字时时纠缠在他心中，容若的渴慕喜爱之情由此可见一斑了。

那"谢家女子"已定格在容若心中，挥之不去。每个秋雨纷飞的夜晚，整个世界都是无奈的，尽管想挑灯夜读以打发那百般无聊的时间，却始终难以入神。三更时分的秋雨无情地将竹叶一片片打落，竹叶萧萧，清冷的玉箫声比梦里的寒花更加冰冷。如果秋潮能将我的思念带去意中人居住的地方该多好啊！

可惜那只是一种奢望了，难怪南唐后主也会说："林花谢了春红，太匆匆，无奈朝来寒雨晚来风。"世间万物虽可寄情，却不能生情；陆游也怪："东风恶，欢情薄，一怀愁绪，几年离索。"但他坚信谢家的女子会有感知，不然怎会在蓦然回首之时，那人却在灯火阑珊处？

容若只能静静地等着，这是上天安排的见面，注定是他今生的缘，不管等到多少轮回以后都不错过，总不能有那一天，他再也瞅不着梦里绽开的容颜。

减字木兰花

烛花摇影，冷透疏衾刚欲醒。待不思量，不许孤眠不断肠。

茫茫碧落，天上人间情一诺。银汉难通，稳耐风波愿始从。

他是一个生活在三百多年前的男子，用词章不倦不悔地描写着他对感情的执着，坚定不移的信念，像一服服疗伤的灵药，唤醒了、治愈了我们在物欲横流的时代尘封的情感。

承诺确实足以慰藉一颗心，许下诺言固然重要，然而只有飘然的诺言而没有实际的付出，那就是虚情假意了。

楚汉有"得黄金百斤，不如得季布一诺"的楚人季布，一诺千金，杀头不改的信义行径为世人所称颂；韩康卖药三十余年，口不二价也让人惊叹他的个性与高洁。讲信义的人成为标榜人性道德的典范。

正所谓"人无信，则不立"，尤其是一个男儿，就更应该一诺千金，顶天立地。

细读容若对情的不悔和他的情诺，午夜梦回，颇有欧阳修"撩乱春愁如柳絮，悠悠梦里无寻处"的孤寂。

烛花摇影的夜晚，冰凉的冷风穿透了被子把他惊醒，寥落而感伤，心中的相思又冉冉浸满心间。淡淡思量，这相思之情竟是这般让人苦痛，心如焚火，反复告诫自己"不许孤眠不断肠"。然而这是没用的，情到深处，谁又能独自入眠？

爱是在希望中过活，也是给自己的爱一个交代。"茫茫碧落，天上人间情一诺"，虽然她此刻不在自己身边，对她也是音信渺茫，不知她近况如何。但依然要为她许诺，他只是默默履行着他的誓言，只要静静地等待，便会有"稳耐风波愿始从"的一天。

容若掷地有声的一句情诺击碎了多少尘世的虚情假意，也暖了多少女儿心。

女人最大的幸福莫过于有一个深爱自己且用情专一的男子。静静地看着他为她许下的那个郑重的承诺，虽不像三生石上的誓言那样铭心刻骨，然而，那也是世界上最遥不可及的誓言。

不管她隔多远，他们都好像已经牢牢绑在了三生石上。想起她，便是温暖；她的脸，她的眉，还有她低头神伤的样子，在容若眼里都是刻入心扉的笔意。

遇见她，不管是前生的债还是今生的劫，容若都无从考虑；只知道，她是他日夜思念的人，义无反顾思念的人……

红尘陌上，芸芸众生，相遇时，情诺在他心里落定！

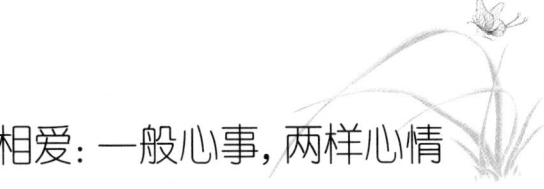

相爱：一般心事，两样心情

红窗月

燕归花谢，早因循、过了清明。是一般风景，两样心情。犹记碧桃影里、誓三生。

乌丝阑纸娇红篆，历历春星。道休孤密约，鉴取深盟。语罢一丝香露、湿银屏。

在无数个洒满细如丝的雨的夜里，只看见容若孤孑的身影在微黄的灯光中徜徉，来来回回，孤怜一心。

容若不懂这样的季节，挥霍无度的欢笑肆意地侵蚀着他的心，黑夜始终无法将她隐藏在看不见的地方，他总能在微醺的南风里寻觅到她奇香的芳踪。

在每个清晨和傍晚都能听见她轻灵足音的召唤，他的生活完全充斥了一种狂欢的感觉；而当她不在身边时，便不自觉地心魂飘荡。

显然容若和表妹已是爱到难分难舍、矢志不渝。

清明方过，江南的杏花初绽。容若和表妹慵懒地靠在庭院里的杏树下，倏忽被那一树树嫣红迷醉。此时，河岸山野间，杨柳青青处，胭脂万点，占尽春风。忽然，有种不可名状的忧郁涌上容若的心头，眼前的杏花多美啊，可是春风未散它们便要凋谢，那时它们会褪尽妖娆，一身素白零落如雪。

眼前的自己是否太幸福了？幸福太满，会不会也如同眼前这花儿一般不可改变地凋零化成泥土呢？花纵然谢了还会再开，幸福逝去还会再来吗？

上天似乎见不得人过于幸福，当它给予你多少，它就可能拿走多少。

容若竟这样郁郁了好几天。他心里的不安是有依据的，他们都已经长大，知道了一些旗人的规矩，他知道表妹早晚有一天会进宫选秀的，那是满族入关后定下的一个规矩。古时候的女子的命运是由不得自己的。

自古宫门深似海，明清两代皇帝虽不像唐代"后宫佳丽三千"，但人数并不算少。入宫幸运的话，可以封皇贵妃、妃、嫔、贵人、常在、答应等，大多女子则是沦为宫女久居冷宫。皇宫里的生活可以说是与欢笑无缘，只有在"红颜暗老白发新"的清寡单调的生活中了此一生。

明代的邵太后曾经对自己的孙子嘉靖皇帝嘱咐过，说女子入宫，便没有了人生的乐趣，饮食起居都不得自由，一如幽禁。以后采选秀女，不要南下江南，这也算是留恩于江南女子。可见宫中的女人的命运，大多都是悲剧。

容若第一次感到了无助，他的心里有种叫"悲哀"的东西正在凶猛地破土发芽，似乎要撑破他的心。

那夜，夜空一色，没有些微灰尘，只有明亮的一轮孤月高悬空中。容若听到从山后的湖边传来一阵琴声，循声望去，只见波光潋滟的湖边立着一位衣袂飘飘的女子正对月抚琴，是表妹。表妹弹奏的琴音隐隐有沙沙的朦胧声。

风，突然汹涌起来，容若望着表妹，眼中已经露出了一种失落，他的脸上平生第一次有着那样凛冽的表情。

表妹入宫已是早晚的事，容若的心里就此裂开一道缝隙，他的初恋难道就这样寂灭在那里吗？

可就此分别，又是多么痛苦的事情啊。他们能做的，只有好好珍惜当下的时光，享受他们晨曦初露的爱情。可他们还是依旧感到深深的恐惧，担心着离别的那一天。

离别是注定的，她无数次暗暗落泪，表妹流着泪写下一首《临江仙》词：昨夜个人曾有约，严城玉漏三更。一钩新月几疏星，夜阑犹未寝，人静鼠窥灯。原是瞿唐风间阻，错教人恨无情。小阑干外寂无声，几回断肠处，风动护花铃。

曾说好的约会也成了泡影，错教人恨无情。表妹无奈，容若更是无奈。

容若和表妹时常是诗词交流的，当容若看到表妹的这首词后，更是痛不堪言，相思泛滥，他又何尝没有想到这些呢？他们白日人相依偎，夜间心相牵连，他展开联想，用表妹的身份及角度写下了一首《菩萨蛮》：窗前桃蕊娇如倦，东风泪洗胭脂面。人在小红楼，离情唱《石州》。夜来双燕宿，灯背屏腰绿。香尽雨阑珊，薄衾寒不寒？

这首词的大意是：清晨的窗外，淅淅沥沥的雨水打湿了一树的桃花。我独坐在小楼之中，守着思念，唱着离别的歌，一遍一遍，痴痴地想你。天就这样黑了，檐下的那一对燕儿也飞回了巢中，它们相亲相爱的影子被忽明忽灭的灯光映在屏风之上。我还不如那对双飞的燕子，灯影下只身徘徊。炉中的香就要灭了，窗外的雨也要停了。在这样的一个夜晚，没有我在你身边嘘寒问暖，你是否也像我一样孤枕难眠？

这种写法，在诗词创作中叫角色转换。

春日里缱绻的思念，恰似这潮湿的空气一般四处弥漫。他们在午夜抚琴相诉心中的蜜言。容若不敢想象，哪一天，桃花开了，燕子回来了，而表妹却不在身边，她的脸，成了一幅永不可见的唯美画面。

这不是一首怨妇词，因为她的思念与挂牵大大超过了哀怨。虽然短短几句，时间却跨越了一天，从早到晚，雨下了一天一夜，心酸也未曾一刻中断。

这世上，有情的人太多，能在一起的却太少。词人说："两情若是久长时，又岂在朝朝暮暮？"然而，我宁愿去相信一位女诗人说的："与其在悬崖上展览千年，不如在爱人肩头痛哭一晚。"

容若的世界已崩塌，他用错乱的迷梦记刻时光，一梦一轮回。

恍惚里表妹含羞的敲门声又响起，他躲在门后窥视那魂牵梦萦的女子，哭诉自己的爱与恨。他无力打开那扇门，他们之间相隔的那扇门是造化弄人。生命的妖娆都已褪尽，他想他应该就这样如庭院中那杏花一般零落成尘。

容若写得一点儿不错，此时的表妹真的痛不欲生，有词为证：落花如梦凄迷，麝烟微，又是夕阳潜下小楼西。愁无限，消瘦尽，有谁知？闲教玉笼鹦鹉念郎诗。

那段日子，每当夜晚来临，容若就像个佛教徒一般虔诚地站在窗前祈祷他苦痛的救赎，他渴望着表妹可以幸免于选秀的噩梦。

他回忆着和表妹之间的点点滴滴，酒精麻醉着他敏感脆弱的神经，可世上绝没有一味药止得了心痛。

容若忆起表妹跟自己学骑马的情景——《浣溪沙》：一半残阳下小楼，朱帘斜控软金钩。倚阑无绪不能愁。有个盈盈骑马过，薄妆浅黛亦风流。见人羞涩却回头。

在傍晚时分，容若居住的小楼染上晚霞，朱帘斜斜地垂挂在门窗，柔软的金钩弯曲下垂。容若倚在小楼的栏杆上，心绪无聊得有点发愁。正好，表妹缠着容若要骑马，可表妹胆子太小，见到马却怎么也不敢骑，好脾气的容若低言细语地向表妹讲述昭君出塞骑马的故事，表妹终于敢放开胆子骑上马了。马背上的表妹，薄薄的装束，画着浅浅的黛眉，真是风流潇洒啊！她有些害羞地回头看了容若一眼，这回头一瞥一下触动了少年容若的心，容若当即写了这首词。

容若天生多愁善感，至情至性，在他的三百余首词作中，无论婉约抑或豪迈，让人读罢之余，或者沉重而感叹，或者凄婉而情伤。然而这首《浣溪沙》却是他为数不多的带有轻松而欢快风格的作品之一。

容若描写着一幅画面，一幅情景交融的诗画，一种无聊情绪，相对暗淡。

一幅美女骑马图跃入眼帘，更印在了心间，犹如灰暗中添了一抹亮丽的色彩。

容若用细腻的笔法抓住了这稍纵即逝的一个细节，一种感觉，成功地刻画出这么一位清丽脱俗又情窦初开的满族少女形象。尤其最后两句，堪称点睛之笔，在回味中给我们美的享受……这就是容若词的神奇，寥寥几笔便勾勒出一个栩栩如生的人物形象。

容若淡淡地哀愁着，他知道越是美丽的东西越不要随便亵渎它，他只有在心里把她当作是人间最美的花，轻轻地呵护着，也呵护着那段残喘的爱恋。

容若的心，此刻仿佛一株植物，深处是那么柔软而忧伤。如果不是遇见你，我的人生是否值得珍惜？

淳厚至情的容若，一旦爱上一个人，如赐予一杯毒酒，心甘情愿地以一种最美的姿态一饮而尽，把一切的心都交了出去，将生死置之度外。

世上女子无数，但在某个时刻，只有她一个人，能够抵得上千军万马，四海潮生。

离别：宫墙一入，两端天涯

画堂春

一生一代一双人，争教两处销魂。相思相望不相亲，天为谁春？

浆向蓝桥易乞，药成碧海难奔。若容相访饮牛津，相对忘贫。

一花一世界，一叶一追寻，一曲一场叹，一代一双人！

陌上红尘，相爱的美丽眩晕了我的双眼。我抬头瞻望，膜拜着容若的情肠。一地的柔情掩盖了他无尽的忧伤。再相逢的渡口，他们心意相牵，从此，两不相忘，那是他们生命中最美的幸福。那些生活中浅唱低吟的，都是默然相知的全部依恋。

将情愫放在彼此的手心，合力呵护着。

有时候感动一个人的不是一篇被华丽的辞藻所修饰得纸醉金迷的文章，只是一句简单的话，一句简单的"一生一代一双人"。是一种淡淡的馨香沁人心脾，又犹如奔腾的大海让人心潮澎湃。是怎样的心境，怎样的大爱？争教两处销魂。

读到这首词时我不禁想到了杨子惠的那首"她"：

人说上帝是个勇士的形象，

一身多少英雄气概；

我说上帝是个婴儿的模样，

一心满是天真的爱；

不然上帝怎能创造她的心，

除非把自己的心灵做模型。

我想容若的心就是上帝用自己的心做了模型！不然哪有这样真切的爱！

容若和表妹青梅竹马，又是两情相悦，可谓郎才女貌，的确是天造地设的一双人。相恋甚是美好，在这对儿少年恋人的心中爱情总是美丽的，美丽得超越了一切形式，情是无限，欢是无限。

那里是一个广阔的天地，没有荒凉，没有寂寥，满怀着单纯的喜悦，不受世俗的侵扰，没有阴晴圆缺的离绪，更没有"国破山河在"的哀叹。

只是单纯的世界，只有两个人的世界，彼此相牵。幸福无非就是这样情窦初开无忧无虑的初恋，那样纯真，那样入迷，那样全力以赴。容若和表妹就这样尽情地沉醉于他们的爱情，享受他们的爱情。

只是他们的这场红尘美恋，是一场无结果之恋，早在一开始就埋下了可悲的伏笔。

在爱情的甜蜜里，谁愿意不战而退呢？谁又会去想将来会怎样？也许是他不在乎天长地久，只要曾经拥有，只是那时他并没有想过曾经拥有会带来怎样的疼痛。

爱情太过甜蜜，甚至有时候他还笃定他和表妹定会天长地久。直到那一天，上天终于不再仁慈，给他们做了最后的了断。

当时容若和表妹正在书房读书，谈古论今，府里的下人来到了书房前，轻轻地敲响了房门通报老爷夫人传来的话。容若和表妹被叫到了大堂。明珠与其夫人正坐在大堂之上，神情严肃。容若心中顿时感到一丝隐隐的不安。

大堂的气氛突然变得凝重起来，他意识到这将可能是一个多么严重的问题，他偷偷地看了表妹一眼，表妹似乎表情更加焦虑，以表妹的聪明智慧似乎已经猜到了一些什么。

果然不出他们所想。父亲告诉他们不能在一起，从今以后也不可以再相见了。这无疑是一个晴天霹雳，容若心中突然像一块万吨巨石从高处落下来，把他的心一下就砸得粉碎。虽然他们早就知道会有这一天，只是没想到这一天竟然来得这么快。

作为皇室贵族，虽有万民所羡的富贵和不可触及的荣耀，但却也有着言不由衷的无奈和那些不可理喻的规矩——作为八旗子女的表妹已经长大，到了进宫选秀的年龄。

那是皇帝对家族的恩赐，作为八旗中的任何一旗的女子，到一定年龄的时候都必须进宫选秀一次。如果选中可能就会飞上枝头变成凤凰，从此享尽天下荣华；如果不幸，当然也有可能会"有不得见者，三十六年"，从此孤老深宫。没有被选中的女子自然就可以安然回家另行婚嫁。

容若和表妹都无法面对这样残酷的现实，容若还是不明白，凭什么这天下的女人都要让皇帝先选，难道他的臣民就不是人吗？他和表妹决不答应，他们两人两小无猜，天生一对不可分离，怎么能被拆散？这让他们将来如何过活？容若开始哀求父亲，希望父亲能在皇上面前为他们求情，免其表妹入宫选秀。

然而，这显然也是一个奢望，虽说明珠在朝廷的官位不低，也有一些权力和威信，然而他毕竟也是刚稳住了自己的政治地位。刚得到一点儿恩赐一点儿实权就对皇帝提这样的要求，如果皇帝此时答应了，那皇帝将来还如何威加海内，如何"执敲扑而鞭笞天下"？这样的请求无疑是自毁前程，自掘坟墓。和皇帝抢女人那是灭九族的大罪，父亲千辛万苦，如履薄冰地刚站稳脚跟，怎么能让他就这么毁了整个家族？

父亲也只好宽慰他们说，作为皇室家族不能率先坏了祖宗的规矩，进宫选秀的女子不计其数，未必就能恰巧选中表妹。父亲答应，如果表妹没有被选中，回来之后便立即为他们操办婚事。

当然这只是宽慰的话，以表妹的才华与美貌和其他女子相比已然是鹤立鸡群了，又怎么会选不上呢？这注定将是有去无回的。长辈们也只能深深地为他们叹气，如此天生的一对，注定是一对苦命鸳鸯，母亲也只能为他们偷掉几滴眼泪！

这样残酷的现实就摆在两个年少痴情的恋人面前，狠狠地撕碎了他们昔日约定好的一个个美梦，但在权力的压迫下，不得不面对，不得不自己默默承受，而这承受的代价就是永远分离，埋葬爱情！

容若急火攻心，一下子病倒了。这一病就是月余，经此打击之后，容若是一蹶不振，经常以酒代饭。

身体稍稍硬朗，他来到和表妹经常约会的后花园，茫然地发着呆，他的心中是那么寂寞，大片大片的海棠花瓣纷纷落在他的肩上，绿油油的仙人掌，反射着夕阳刺眼的光芒，让他的整个人恍惚起来。

他的头发在微风中顺风的方向飘动，白色的衣袍在风中肆意翻飞，似血的残阳将他的身影拉得老长，他的影子都显得那么寂寞、凄凉。那棵他亲手种的合欢树枝叶依旧繁茂。

容若的眼睛如同午夜流星般孤单绝望，他感觉胸口闷气直往上涌。如果，上天能再让他见上表妹一面，哪怕是抛弃一切的荣华富贵，也是愿意的。那日他在满目荒凉的时刻忽然遇见了表妹，那是容若的幸运，也是表妹的幸运。

然而"侯门一入深似海，从此萧郎是路人"，容若内心满是惶恐，满是离别，满是怨恨。

然而这已经成了定局，老天真是弄人，这样佳偶天成的"一生一代一双人"从此就要永远分离，更加残酷的是近在咫尺，却是永远相隔天涯，彼此相思，也还可以相望，却不能相亲，还有比这惩罚更残忍的手段吗？如果世间的真爱都这样安排，那么，那灿烂明艳的春光又是为谁而绽放的呢？

容若的纠结和无奈在下阕中体现得淋漓尽致，明知没有希望却不断给自己希望，相望无日已是必然，仍寄希望于渺茫。

人们总是这样，对爱抱的希望是永无止境的，尽管已经远去。

"浆向蓝桥易乞"出自唐人裴铏的《传奇》。讲裴航游鄂渚遇云翘夫人，云翘夫人予诗曰："一饮金浆百感生，元霜捣尽见云英。蓝桥便是神仙窟，何必崎岖上玉清。"没过多久，裴航乘船路过蓝桥时遇见一织麻老妪，裴航非常口渴，于是向老妪求饮，老妪让女儿云英捧一瓶水浆让裴航饮之，甘如玉液。裴航见云英姿容绝世，十分喜欢，很想娶她为妻，老妪告诉他说："昨有神仙与药一刀圭，须玉杵臼捣之。欲娶云英，须以玉杵臼为聘，为捣药百日乃可。"后裴航找到月宫中玉兔用的玉杵臼，娶了云英。婚后夫妻双双入玉峰，成仙而去。

这里用这一典故，是说蓝桥之遇也有，他想和表妹见面也不是全然无望，给自己留点希望。

然而又"药成碧海难奔"，李商隐《嫦娥》中言："云母屏风烛影深，长河渐落晓星沉。嫦娥应悔偷灵药，碧海青天夜夜心。"

这是嫦娥偷药奔月的故事，嫦娥当初偷吃了王母娘娘的神丹灵药而独自飞上广寒宫，不死的仙药虽换来了永生，但也从此伴随着千年月宫的孤寂。每当星辰寥落的时候，嫦娥却面对着无穷无尽的冷清夜晚。

只怕她也后悔了当初的选择。而容若反用其意，那表妹就是嫦娥一般的仙子，独居深宫之中，纵然有了不死仙药也难像嫦娥一样飞上月宫。从今和表妹形同陌路，纵然深情也是枉然，不能相见了。

恋人一去，从此孤影。如果可以像牛郎织女一样，每年七月七日以鹊为桥，还可以在天河相见，即使做了贫贱夫妇，那也心满意足了。

"饮牛津"便是指传说中牛郎织女相会的天河。天河，传说是狠毒的王母娘娘用银簪所划而成，而容若和恋人之间的天河，也应暗指是由拥有至高无上的权力的人人为所致。

据晋《博物志》记载："天河与海通，有人居海上，年年八月，见浮槎去来不失期……多赍粮乘槎而往。十余日至一处，见城郭屋舍俨然，宫中多织妇，又见一丈夫牵牛，渚次饮之。遂问此地何处，答以君还蜀郡问严君平则知。其人还至蜀问严君平，曰："'某年某日有客星犯牵牛宿'，计年月，正此人到天河时也。"

容若感慨于自己和恋人的境遇竟不是如此，发出"若容相访饮牛津，相对忘贫"的心声。我想，容若此处大约是指如果能像牛郎织女那般生活在一起，就算是贫苦也会全然忘记，只有幸福的感觉。

试问，若没有一番刻骨铭心的相思，又怎能吟得出如此惊天动地的词句？这是一首容若迷中人气极高的爱情词，吟出一代又一代有情却终不得眷属的男女心声。上阕如同火山爆发，将满怀感情喷泻而出，是对上天的质问，是对命运的愤恨；下阕用典，一如岩浆滚滚，情感绵延不断。下阕中句句用典，在纳兰词里，实属少见。这首词被后人引作容若爱情词的代表作。

或许这样更能容易表述：你我本是青梅竹马，一对佳人。立下誓言，永远不离分。为何最终却是咫尺天涯，留我一人在此黯然销魂？望穿了秋水，思念至深，就算心血拼尽，依旧不能和你长相厮守，相偎相亲！为什么，春日欲到情不在？苍天啊，你就真的如此忍心？婚约易得，命运难争，到底是造物弄人，还是有缘无分？若再给我一次机会，我愿抛弃荣华富贵，与你携手远离尘世，平平淡淡度过每一个明灭晨昏……

容若的这番苦心可谓世间少有，这不只是凄婉缠绵，带着委屈、遗憾、感伤的喃喃细语，它更是急促管弦，是呼天抢地，是直白的宣泄，是率真的表白。这样痛彻肌肤的体验，这样恨入骨髓的丧失，这样刻骨铭心的祈愿！怎让人不痛，不伤，不悲！

宫墙一入，两端天涯！这样的离别，谁人不怕？

第二章

醉空城：侯门一入深似海，从此萧郎是路人

思念：又误心期到下弦

采桑子

彤云久绝飞琼字，人在谁边？人在谁边？今夜玉清眠不眠？

香销被冷残灯灭，静数秋天，静数秋天，又误心期到下弦。

《诗经》言："一日不见，如三秋兮"，没有表妹的容若就这样过着一个个相思的"三秋"，他的"三秋"还将延续下去，他不知道这样的生活有没有一个尽头。

此时的容若已经没有了"月上柳梢头，人约黄昏后"的喜悦期待，美好的幽会已经只属于过去。

他最深切的感受或许就像温庭筠那样"梳洗罢，独倚望江楼"的寂寞等待和"过尽千帆皆不是，斜晖脉脉水悠悠"的无奈结局。

年少的容若便深深地尝到了爱情的滋味，亦有肝肠寸断的滋味。

世间的爱情给了人美好，更给人以伤痛，爱情的滋味也正如金庸笔下情花的滋味："情之为物，本是如此，入口甘甜，回味苦涩，而且遍身是刺，你就算万分小心，也不免为其所伤。多半因为这花儿有这几般特色，人们才给它取上了这个名。"

情花太美，所以伤人！而情之所以伤人，并不是因为它本身含有了致命的毒素，只是人们无法忘记曾经相爱的美，抑制不住内心无尽的思念。

思，不知其因的思；念，不问其果的念。

只是无论容若如何，这都已经是一个凄婉的悲剧，即便不能相忘于江湖，却也永远不能相濡以沫，只是这样的结局在他心里依然不能完全凝结。他期待有一封来自皇宫后院的书信。

孤独的寒夜，凄冷的思念，炉中的香草已经被冰冷的空气吹灭。在这样数不完，过不尽的清秋里，他和表妹却相守在天涯两端，彼此挂念。

这样的清秋，却不知表妹在谁的身边。这样的清秋，容若一次次呼唤着曾经甜蜜心间的名字。这样的清秋，他们都辗转反侧，相对无眠。

容若一次次的等待，一夜夜的思念，他望着月圆月又缺。"彤云久绝飞琼字"，只是等待宫墙中的书信却依旧不见。这样无穷无尽的等待，错过了月圆，错过了月缺，从上弦到下弦。他的思念已经化成月华，洒满暗夜战栗的青衫……

宫墙与容若的距离，正是天上与人间的相隔，"飞琼字"也成了永远不可达的传书。

传说中"飞琼"便是西王母身边的侍女，《逸史》中记载了她的故事："瑶台有仙女三百余人，一人自云许飞琼。遗赋诗，即成，又令改，曰：'不欲世知有我也'。"

故事发生在唐朝开成初年，有一名叫许瀍的进士，在游历河中时突然患上一场离奇的怪病，不省人事。于是，他的亲友便轮流日夜守候在他的身边，到了第三天，他突然醒来，挥笔便在墙上写了一首诗："晓入瑶台露气清，坐中唯有许飞琼。尘心未尽俗缘在，十里下山空月明。"

亲友看了拍手称好，也以为他没事了。然而，奇怪的是，作完此诗后许瀍又一次陷入昏睡的状态。众亲友又只好守在他身边，第二天，他再一次醒来，随即又把诗中的第二句"坐中唯有许飞琼"改为了"天风飞下步虚声"，此时他才开始说话，讲诉了事情的经过。

原来，他是梦见自己去了瑶台，瑶台殿中仙女如云，其中有一位自称许飞琼的仙女让他写了一首诗，当他写罢后，仙女却说不想让世人知道她的名字，于是，他只得将诗的第二句改了，然后他才如梦境一般重返了人间。

对容若而言，那身在宫墙中的表妹，正如那天宫中的许飞琼，或许，他们日后也只能在梦中才能相见了。只是，这样的梦，他等在一个个月夜，误了心期，上弦到了下弦……

容若演绎着一场亘古的爱恋，他用心追逐在整个爱情的世界，于浊浊中独立于世。

就像有人说的："容若是用情尤深的千古痴人，不及苏轼那般超然物外，挥洒着'一蓑烟雨任平生'的洒脱与张扬，也不像晏几道那样沉湎风月，低声吟唱着'几度梦回与君同'的沉溺与忧伤。鸳梦未醒，深情难歇，容若执着而孤独地品尝着人生清苦，反复解读着宿命的追逐。"

如今，他只有闭着眼，聆听着记忆中的呼声，也许只有这样，才能暂时忘记他的悲伤，去体会属于她的悲伤。他的思绪就像一只小小的蝴蝶，飞进她的脑海，感受着属于她的悲伤。

金缕曲

生怕芳尊满，到更深、迷离醉影，残灯相伴。依旧回廊新月在，不定竹声撩乱。问愁与、春宵长短。燕子楼空弦索冷，任梨花、落尽无人管。谁领略，真真唤。

此情拟倩东风浣。奈吹来、馀香病酒，旋添一半。惜别江淹消瘦了，怎耐轻寒轻暖。忆絮语、纵横茗盌。滴滴西窗红蜡泪，那时肠、早为而今断。任角枕，敧孤馆。

又是深夜，凝眸处，一盏青灯在风中摇曳。容若静静地思念，没有一丝惊扰，就像暮色上空的那轮明月，皎洁而脉脉含情。

他凝望着月华洒满的回廊，那里是他和表妹曾经嬉戏玩耍的地方。如今，回廊依旧是当初的回廊，月光也是以前的月光，只是表妹已经不在身

边。在这夜深寂静时分，更让他感觉凄凉孤苦，形影相吊。

月亮依旧在单调循环中诉说着亘古不变的离愁别绪与缠绵无尽的思念。阵阵夜间的冷风怕打着竹子发出不规律的乱人心绪的响声，震碎了他一腔愁绪。

容若再也不能控制思念蔓延的灾难，势如洪水决堤。都道良宵苦短，为何这愁却是生得如此漫长，似如东去的流水，看不见尽头。

那曾经携手抚琴的楼中，燕已经飞去，如今只剩一把染尘的古琴，厚实尘土似乎把曾经所有快乐的音律都已尘封，再也找不到那样的韵调。

他孤站在梨花落尽的庭院里，一遍遍呼唤着心灵中深切的期盼。那冰冷的梨花已凋零在忧伤、颓废的角落，还有谁能领略这样相思的凄凉？

这些落英缤纷的画面在容若眼里，已经变成了另一番风景。他明白，纵然百般不舍，纵然千般挽留，纵然想把自己能给的一切都给她，都已经换不回表妹散在风中的倩影。

他的相思不是三言两语、一首婉丽的词便可以道尽的，他只有枕着恋人的名字，在辽阔无垠的寂寞夜空中，默数着那些正在老去的万丈红尘，默数着那些正在消瘦的年华，默数着红烛流出的一滴滴相思苦泪。

回廊里的夜色渐渐暗了下去，它正在被一片乌黑的云吞噬着，慢慢将它的冷光一点点湮灭。

不一会儿，天空便开始飘起了丝丝绵绵的细雨，幽静的院落里显得更加凄凉。

经过一场细雨的洗礼，枝上的红豆显得更加娇艳明媚，他口中又开始喃喃地吟出：

烟暖雨初收，落尽繁花小院幽。摘得一双红豆子，低头，说著分携泪暗流。

人去似春休，卮酒曾将酹石尤。别自有人桃叶渡，扁舟，一种烟波各自愁。

——《南乡子》

王维曾说："红豆生南国，春来发几枝。愿君多采撷，此物最相思。"在容若眼里，相思的何止是红豆，眼前的一切景物皆是相思，那雨、那落花、那庭院、那杯酒……

他的相思像一场不适宜的烟雨，将心间萌芽的喜悦无情地催打，他将声声叹息揉进了满目伤景的眸子深处。

或许，千百年来，一粒红豆，一阵冷风，一叶扁舟，都是一首首相思美艳的诗，是一阕阕凋零残破心间的词，更是一场场缠绵悱恻的情事。

在阴雨连绵的渡口，容若开始羡慕那化作海风的石氏，羡慕桃叶渡口的王献之。

世俗中，总有一些爱情会在离去的一瞬间变得烟消云散，也总有一些爱情却因离别得到了凤凰涅槃的重生。

千百年前，一份普通的爱情便在滔滔的海浪上变成了一个千古的传奇。

她只是一个普通的女子，和天下大多数女子一样，她只有姓氏而没有名字，她姓石。丈夫也只是一个平凡的商人，她叫他尤郎。为了两人的生计，尤郎不得不一次次出海经商，在那个没有先进科技的年代里，他是在用生命维持着那个温暖美满的家。

只是他每次出海，总会让石氏担心不已，她日夜牵挂着丈夫，这样的担心在后来的日子里愈演愈烈，她有一种不安的预感，于是，她竭力阻止丈夫再出海。

只是这对尤郎来说太难了，他肩负着他的责任，他不会因为一点儿风险而让家人变得食不果腹。他终究还是没有听从石氏的劝阻，他再一次出海了，只是这次，他没有料到，他会就这样一去不回。

石氏日日翘望在院子门口，她再也没有了他的音信，她备受日日相思的煎熬，都说相思成疾，石氏终于在病痛中倒下了，在临终前依然痛恨难当，她恨自己没能阻止远行的丈夫，以致天人相隔，她苦苦地叹息道："死后也要变成逆风，为天下妇人挡住丈夫外出的脚步。"

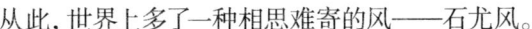

从此，世界上多了一种相思难寄的风——石尤风。

人们总会为这样的一些故事叹息，为那些痴情，不幸，却至死不渝的爱情感动。它们顽强的生命力，历经千年，依然能打湿一片温润的天空。

只是，石尤风也没能阻止表妹远去的脚步，容若只有持一觞老酒，在魂梦不堪回首的记忆里，将一泓相思醉透。

或许，在桃叶渡口还能找到一丝宽慰。

故事发生在东晋时代，那时的秦淮河水面宽阔，那是承载着浪漫色彩的地方，一如杭州西湖的断桥，扬州瘦西湖的二十四桥一样，它们曾经都演绎出无数催人泪下的传奇，孕育出无数传唱千古的诗句。

西湖断桥，那里有贺铸"断桥孤驿，冷云黄叶，相见长安道"的热切期盼；那里有白蛇雨伞牵线的千年奇缘。

二十四桥，那里深藏周邦彦"天涯回首一销魂，二十四桥歌舞地"的雅韵幽情；那里深藏杜牧"二十四桥明月夜，玉人何处教吹箫"的思念。

在秦淮边上，那一年，王献之迎来了一个面如桃花的女子，她叫桃叶。王献之从此偏爱于她，桃叶时常往来于秦淮河两岸。那时的秦淮河水流湍急，波浪汹涌，摆渡的人一不小心便会翻船，这让深情的王献之十分担心，加之桃叶是个肃静的女子，天生胆小，每次渡河便会担心害怕。

王献之于是在渡口接送她，并为桃叶在那里写下了三首《桃叶渡》：

桃叶复桃叶，桃树连桃根。

相怜两乐事，独使我殷勤。

桃叶复桃叶，渡江不用楫。

但渡无所苦，我自迎接汝。

桃叶复桃叶，渡江不待橹。

风波了无常，没命江南渡。

这样的风流韵事为秦淮河增加了无数的浪漫色彩，于是，后人为了纪念王献之的这件浪漫逸事，便把渡口起名为如今尽人皆知的"桃叶渡"。

容若枯坐在深夜里，回味着一个个唯美浪漫的爱情故事。而他，现在却只能用思念和孤独独自下酒，他渴望也等待在那个相思的大渡口，看见一人涉水而来，想再看看伊人美美的笑颜。

只是他已经没有了归来的伊人，他没有王献之那么幸运，他和表妹已经是一个命定的结局，已经走到了美的最后，注定开始沉沦，就在表妹转身离去的那一刻，属于他的春天就被提前带走了。

如今江畔的渡口，只剩了仓皇南飞的孤雁的身影将他的心绪轻点，从此，在他的诗笺深处，只爬满了相隔彼岸的牵绊。

"平生不会相思，才会相思，更害相思。"容若的心如一页白纸，画上了一双红豆，今生，今世，但愿还能有烟波散尽船归来的一天……

容若以情立于世，他的思念超脱了形式的羁绊而真实存在，没有物质的索取，没有形式的归属，只是一种朴素的情愫。

似重会：除梦里，没人知

江城子

湿云全压数峰低，影凄迷，望中疑。非雾非烟，神女欲来时。

若问生涯原是梦，除梦里，没人知。

不安的旋涡搅打着生活的流水，经过时间骚乱苦楚的洪流，一阵莫名的慌乱狂怒席卷而来，理智在骄横的混乱中化为乌有。

在颠覆世情冷暖的尘埃里，容若只求一个没有伪装的虚幻的梦，无所谓皇权，无所谓死罪，只为与她相见。一个没有伪装的、虚幻的梦。把梦藏在心中，因为那是他们相会的地方。

表妹进宫后，容若和表妹有一次惊心动魄的相会。这又是和死神的一次针锋相对。如果血气方刚是年少的特质，那么冲动就是深埋在这特质中的蛊毒，这可能是每个青少年与生俱来的，年少的容若也不例外。尤其是面对真爱的时候，可能就更加无法控制了。

表妹进宫的时候才十几岁，容若也是正值刚毅冲动的年龄。对表妹进宫当然是无法忍受，初生的恋情在最美的时候便被斩杀在摇篮里，两个相爱的人在现实的面前不得不低头屈服，只能接受命运不公平的安排，这是何等无奈和辛酸。

就像他说的："天涯咫尺，咫尺天涯。"

然而容若并不想就这样认输，正有一股"初生牛犊不怕虎"的冲劲。容若为了自己的幸福就算舍命也要拼上一把。每当他想到表妹独居深宫孤苦无依，心中不禁隐隐作痛，他必须见表妹，哪怕只是一眼，也要赌上一把。

虽然容若是皇帝身边的近臣，有一些特殊的权利，然而后宫戒律森严，不是他所能进的，那是皇帝专属的地方。容若试着找一个可以进宫的办法，却始终没有找到，看着高高的红墙，想着自己最心爱的女人就在墙的另一边，自己却一步也迈不进那个深深院落，只能望墙兴叹。

一堵宫墙，如隔关山。

世事就是如此难以揣度，有时，当你不经意间，机会可能就不期而遇了。那年容若似乎等到了这样的机会。

如古书中记载："容若眷一女，绝色也，有婚姻之约。旋此女入宫，顿成陌路。容若愁思郁结，誓必一见，了此夙因。会遭国丧，喇嘛每日应入宫哞经，容若贿通喇嘛，披袈娑，居然入宫，果得彼姝一见。而宫禁森严，竟不能通一语，怅然而出……"

适逢国葬，皇宫满城白孝，大办法事。而那些诵经念佛的喇嘛僧人的队伍出入自由，容若见状灵机一动，他想出了一个极为冒险的法子。

于是他便花重金买通了一个喇嘛，换上其衣物，混在一支操办法事的喇嘛队伍之中进入了宫中。

混入后宫，私会内眷，这是何等的大罪。容若心中十分清楚，他也是害怕的，只是爱给了他这么大勇气。

然而后宫之大完全超乎了他的想象，三宫六院，嫔妃宫女数不胜数，然而他也一直低着头，生怕有人认出他来。这要如何才能见到表妹？这犹如大海捞针，他开始有些担心了。这一切让他心中更加愤恨，皇帝已经拥有了那么多的女人，却不能放过一对深爱的恋人。

宫殿深邃，长廊蜿蜒曲折，简直就是一座迷宫，他一路都是惴惴不安，绷紧了浑身的神经，虚汗一通接着一通，浸湿了身上这身喇嘛服。

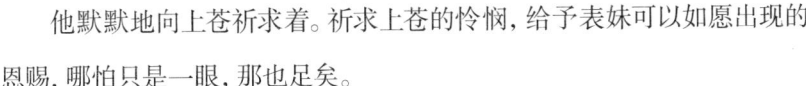

　　他默默地向上苍祈求着。祈求上苍的怜悯，给予表妹可以如愿出现的恩赐，哪怕只是一眼，那也足矣。

　　或许是上天真的为此感动了，也或是他们缘到如此。容若似乎看到了表妹，远远地，几个宫女一伍，但不是那么确定，容若紧张不已，他壮足胆量，微微地从喇嘛的队伍中探出头，眼睛斜视着那个熟悉的身影，可马上又收回来，不敢长时间停留。

　　就这样重复了好几次。然而几个宫女转而向另一个方向走去，容若顿时万分焦急，也许冥冥之中自有天意，也许是心灵的感知，那个宫女突然回过头向喇嘛队伍的方向看了过来。

　　一瞬间，她与容若四目相对，容若的心激动得乱跳，他几乎要喊出口，然而理智告诉他不能这么做，这么做的后果有多严重他十分明白，身后是一家人的性命。

　　只能"相对无语"，他虽不能完全确信那就是表妹，但那样的四目相对，那样的心有灵犀只有深爱的两个人才有的。

　　他们都清楚这样的四目相对已是最大的限度了。这是一场意料之外的见面，却也在情理之中。虽然这是上苍的恩赐，却也成了他们永远的诀别，他们已然不可能再见面了。

　　后来，多年以后，容若竟觉得那次惊心动魄的见面是不是真的发生过？或许只是一场幻梦吧！就像宋玉梦神女一样。

　　风雨欲来，梦中的巫山云雾缭绕，时隐时现，远远望去，那十二座山峰似乎披着彩云，山影凄迷，更像是仙境、梦境。都不是，这样迷离之景是神女将至的前兆啊，霞光熹微，美丽至极，只是，那时宋玉与神女梦中相会，除了那个梦和宋玉自己其他怕是没人得知的。

　　宋玉乃楚人屈原的弟子，天生容貌俊俏，才华横溢，曾作有《高唐赋》和《神女赋》，都堪称世间美文，而此处的"宋玉梦神女"便是出自《神女赋》。话说神女貌美："茂矣美矣，诸好备矣。盛矣丽矣，难测究矣。上古既无，世所未见，瑰姿玮态，不可胜赞。"神女的美貌用世间的语言是无法形容的。然而宋玉这样的相遇也只能是在梦中了。

容若和表妹不正是这样的神仙眷侣吗？曾经的相见已然模糊不清，像一个梦境。真的相会也只是像梦一场，真一句"犹恐相逢是梦中"了。

而"若问生涯原是梦"则是出自李商隐《无题》中的："神女生涯原是梦，小姑居处本无郎"句，或许容若是为表达自己对青梅竹马的恋情的怀念。

只是尽管曾经有过刻骨铭心，曾经的情投意合，年少时的轻狂与任性，年少时美好纯真的感情，还有那无奈的遗憾，都随着岁月的流逝，最终都化作了没人知的一场幻梦。

回忆总是美好的，与伊人相会便成了恋人回忆中旖旎醉人的春光，又不禁想到了那首《虞美人》：曲阑深处重相见，匀泪偎人颤。凄凉别后两应同，最是不胜清怨月明中。半生已分孤眠过，山枕檀痕涴。忆来何事最销魂，第一折枝花样画罗裙。

多年前的曲阑深处，彼此深情依偎，轻轻落泪，美妙不已，然而这样的美妙已经是别后凄凉，凄凉幽怨到不堪承受。一别如斯，半生已分孤眠过，然而半生凄凉过，思念却分毫未减，泪水依旧毫无节制地流出来，浸湿枕头。忆来何事最销魂，第一折枝花样画罗裙，难怪赵令畤也说"断送一生憔悴，只消几个黄昏"。

爱是销魂，思念更是销魂。倒是仓央嘉措一针见血：

第一最好不相见，如此便可不相恋。

第二最好不相知，如此便可不相思。

第三最好不相伴，如此便可不相欠。

第四最好不相惜，如此便可不相忆。

第五最好不相爱，如此便可不相弃。

第六最好不相对，如此便可不相会。

第七最好不相误，如此便可不相负。

第八最好不相许，如此便可不相续。

第九最好不相依，如此便可不相偎。

第十最好不相遇，如此便可不相聚。

但曾相见便相知，相见何如不见时。

安得与君相决绝，免教生死作相思。

终成烟：欲语心情梦已阑

摊破浣溪沙

欲语心情梦已阑，镜中依约见春山。方悔从前真草草，等闲看。

环佩只应归月下，钗钿何意寄人间。多少滴残红蜡泪，几时干？

爱情，像邂逅一场盛景后，摆出美丽苍凉的手势，直至成伤，之后就是永远。或是淡忘，或是哀伤，或是刻骨铭心，或是不痛不痒，今后的眷恋，最多只是一页剪影。

该是"从此无心爱良夜，任他明月下西楼"，又或者"此去经年，应是良辰好景虚设，便纵有千种风情，更与何人说？"

相遇便是离别的死敌，再美都终将湮灭。或是老天弄人，或是权势压人；然而缘分都是匆匆而来也匆匆而散，而那不变的，沉淀越来越深厚的只有万缕的思念和无尽的无奈。

"无情不似多情苦，一寸还成千万缕。"深爱便是一种痛，一种苦；容若和表妹都无力挽留，也无法拯救，纵使是天赐的良缘，却没有天赐的福分，终都化成云烟。

曾经的梦只会是像水泡般一个个破灭。如今也只是"人面不知何处？绿波依旧东流"。流水无情，带走了美，留下了一段伤，疾首痛心。

容若的情缘有谁能给他千年？在茫茫尘世中，离别风情万种，谁又能将永恒镌刻，只是徒留了一些伤景。

往事和眼泪让它们如同雪花一起在心中沉淀，缠绵一世的爱终还是一缕青烟飘向记忆的天边，白色风衣也不过只是当初画裙。

爱，懵懂相遇，又朦胧离去。

人生是无常，哪是用语言就能表达明白的呢？不经意间，曾经以为水到渠成的爱转眼间就烟消云散。而镜中伊人如"春山"的秀丽蛾眉却时时在梦里浮现，但都成了真正的水中月，镜中花，变得不可触及，想要说些什么话来留住那些时刻，但梦总是这时就醒来。

"欲语心情梦已阑"，实有"庭院深深深几许"的无奈。人生多少事，多少情是说不完道不清的，当初迟疑不想说或是说不出，而当等你想去说的时候，却再没有这样的机会了，得到和失去就在转念之间。后悔当初也已然无用，只能任由它逝去，也只能等闲相看。

"镜中依约见春山"是古人的一个妙喻，将女子美丽浓秀的眉毛比作"春山"，而这一绝妙创意最早出自刘歆《西京杂记》中描绘卓文君的美句："文君姣好，眉色如望远山。"

卓文君是汉朝时才女，一个美丽聪明，精诗文、善弹琴的女子，家中富贵。然而在十七岁年纪便在娘家守寡。某日席间，只因司马相如一曲《凤求凰》，多情而又大胆的表白，让久慕司马相如之才的卓文君，一听倾心，一见钟情。

但他们之间的爱恋受到了父亲的强烈阻挠。卓文君凭着自己对爱情的憧憬，对追求幸福的坚定，以及强大的勇气，毅然在一个漆黑之夜与深爱的人私奔。他们当垆卖酒为生，生活艰难，但两人感情日深。然而好景不长，司马相如得到卓文君后依然不满足，得陇望蜀地想要纳妾。

卓文君得知作《白头吟》以自绝，"闻君有两意，故来相决绝"，司马相如才得以停止。后来被世人传为了一段佳话。也因此，"眉若远山""眉如春山"便成了形容女子的绝佳比喻。

容若如今，对镜画眉的恋人已经离去。自知不能和表妹再有相见之日。表妹在宫中还算不错，从宫女变成了嫔妃，得到皇上的宠幸。他不能再去打扰，因为那不仅会害了自己更会深害表妹，甚至还有家人，相濡以沫不如相忘于江湖。

"环佩"和"钗钿"那应是月上才有的东西，人间哪得相见，应是暗指深宫的表妹，如今再无相见之日，只剩下自己和空空的房子，唯有台前的红烛慢慢燃烧，红色的蜡泪在凄凉的冷夜慢慢流淌，不知何时才能流干？然而红烛只能暗暗流泪，却不能理会人的惆怅难过。倒是和醉翁"泪眼问花花不语，乱红飞过秋千去"不谋而合。

泪珠自古就包含了太多太多，太多的情、爱和割舍。李璟"多少泪珠何限恨，倚阑干"是离别的泪。蔡伸"凭仗西风，吹干泪眼"是无奈的泪。范仲淹"酒入愁肠，化作相思泪"是相思的泪……而容若是"侯门一入深似海"的离别泪，是"相思相望不相亲"的无奈泪，是"莫误双鱼到谢桥"的相思泪。然而，尘缘已尽，泪珠也成碧烟，幽梦也已阑珊，就让它和时间一起沉淀！时间可以沉淀苦痛，也可以带来希望，让人不禁想到了痴情韩翃。

临江仙·寒柳

飞絮飞花何处是？层冰积雪摧残，疏疏一树五更寒。爱他明月好，憔悴也相关。

最是繁丝摇落后，转教人忆春山。湔裙梦断续应难。西风多少恨，吹不散眉弯。

柳是古人送别的情义的寄托，也是分离苦痛的承载，每次离别便有人们不能承受之重，何况"多情自古伤离别"，人非草木，孰能无情？有情便有痛。

何况容若和伊人不是永别胜似永别，由满城柳絮随风而舞，在层层的冰雪积压下柳枝更显了沧桑，满树摇曳的稀疏的枝条在明月冷夜更加凄婉的意境，转而想到宫中的表妹。

她不正是皇权压迫的柳枝吗？想到再无相见之日，只恨那绵绵的西风，也吹不散她的倩影。这样的相思之苦不正是"一川烟草，满城风絮，梅子黄时雨"吗？

柳与离愁相伴，容若和"春城无处不飞花"的韩翃似乎是隔世的知音，均以柳喻人，都承载了多少恨意和无奈。然而容若却没有韩翃这样幸运。

韩翃是唐代著名诗人，居"大历十才子"之一，少负才名，在好友李生的介绍下认识柳氏，李生资助钱财促成了二人婚事。第二年，韩翃便取得功名，按礼制归家省亲，暂将柳氏留在了长安。事有不巧，却逢安史之乱，柳氏为避兵祸而出家为尼。

战乱中，韩翃流落青州成为节度使侯希逸的幕府书记，与柳氏天各一方。等到唐肃宗收复长安，韩翃便遣人到长安四处寻访柳氏，并给她送去一囊碎金和一首《章台柳》："章台柳，章台柳，往日青青今在否？纵使长条似旧垂，也应攀折他人手。"但不久柳氏又遭番将沙吒利劫去，韩翃随侯希逸入觐京师，将其事告诉了唐肃宗，唐肃宗深受感动，于是下诏将柳氏归还与韩翃，夫妻终得破镜重圆。

"直道相思了无益"，而容若却只能相思不能相见，相思煎熬，相思无益，情愿化梦，情愿虚无，情愿相忘，情愿成烟。

第四章

梨花泪：阡陌红尘中，谁是谁的盅？

成亲：缘来缘去缘如水

临江仙

绿叶成阴春尽也，守宫偏护星星。留将颜色慰多情，分明千点泪，贮作玉壶冰。

独卧文园方病渴，强拈红豆酬卿。感卿珍重报流莺，惜花须自爱，休只为花疼。

信手拈花，花不语。那是徜徉于花丛下的一份情愁，粉钗摇弄，似等了千年的期盼。那样的钟情隐于陌上，暗暗伤痛，那不期而遇的一份痴情，如影随形。

那些相思成愁的期待总是美得如痴如醉，刺伤人眼，然而，总都如春红消逝在淤泥里，只落得一声离别之愁的叹息，悲伤流转，染尽满头青丝。

因为爱情，他不做人家富贵花。

因为爱情，他姗姗离开俗世。

因为爱情，他最终消得一生憔悴。

带着几分遗憾，带着几分眷恋，带着几分期盼，他步入了婚姻的殿堂，随之而来的痴狂，如花美眷般，次第绽放开来！

那年，康熙十年（公元1671年），容若十七岁。表妹进宫不久，容若心

中还带着忧伤, 只是仕途给了他振作的勇气。他入太学, 学习非常刻苦, 国子监祭酒徐文元也十分赏识他, 对他赞不绝口, 后来还推荐给其兄内阁学士、礼部侍郎徐乾学。这意味着将是他新的起点。

同年, 担任左都御史的父亲纳兰明珠也被调任为兵部尚书, 这是个绝对的高官, 兵部尚书是掌管全国军事活动的行政长官, 从一品。

这无疑是康熙信任的表现, 看似平级的调动, 却大有文章, 因为当时以驻云南的平西王吴三桂为首的三藩势呈割据, 严重威胁着清政府的政治地位。康熙亲政数年, 深知朝廷内外之利害和前代"藩镇"之得失。他曾说过这样的话: "朕听政以来, 以三藩及河务、漕运为三大事, 夙夜厪念, 曾书而悬之宫中柱上。"

康熙早有撤藩之心, 而要撤藩, 兵马就首当其冲, 那是撤藩成功与否的先决条件。在这样的情况下任纳兰明珠为兵部尚书, 这意味着他将是康熙最倚重的大臣, 也可能会是股肱之臣。

纳兰明珠抟扶直上, 平步青云, 自然就会引来不少人的诌媚。而儿子纳兰容若可能就是一个最好的台阶, 容若顿时身价倍增, 成了众星捧月。而联姻是拉近关系最好的方式, 容若本就是众家女子心中的理想夫婿, 风华正茂, 才华横溢, 官贵一身, 却没有一分飞扬跋扈之气, 反而是玉树临风, 举止优雅的翩翩公子。这样的优越条件足可让仙女也为之动心, 何况人间少女。

明珠想必也是尽心尽力在挑选一个合适的儿媳, 最终, 容若在父母的安排下和卢氏定下了婚约。卢氏是两广总督卢兴祖的女儿, 卢氏"生而婉娈, 性本端庄", 算得上是门当户对。男方年少英俊, 才气逼人, 女方贤良淑德, 品性端庄, 无论从哪方面来看, 完全称得上是天造地设的一对璧人。

缘来缘去缘如水, 有些缘分注定早已在等待, 等在一个花开的季节里, 只为人来, 便尽情绽放, 容若或许需要这一场被安排的婚姻。

对于这桩婚事, 容若并没有反对, 当父亲提出这门婚事时, 容若只是轻轻地点了点头, 默许了父母的安排。如果真说成是纳兰明珠的政治手段或许有失公允，也许，这只是巧合。容若不会是他父亲政治生涯中的一粒棋子，如果真是这样的话，他更愿意做一个白衣素食的落魄书生。

岁月已然静好，姻缘也是一场宿命，宿命自是天定，就算能飞得再高再远也飞不过宿命的沧海。

容若的婚约已然定下，他只能静静遵从命运的安排。容若的婚事在京城传了开来，传得沸沸扬扬，他也是无心理睬。容若踱步在京城的街市，不知不觉中，他走到了一个远离闹市的府院，府院的侧门敞开着，院里的蔷薇葱郁绿浓，这样的恬静是容若喜欢的。它吸引了容若的目光，他没来得及顾及礼数，就走了进去，想沐浴在这一架子的香甜温和里。

一阵玲珑的欢笑声打破了宁静，他循声望去，是一群旗人的女子正在热切地讨论着什么。容若感到一阵愧疚，怕是打扰到主人了，正想要悄悄离去，却又突然打消了念头。因为他听到一个词——秋水轩唱和。女子们讨论的正是当时火热进行的文坛盛事，这也是容若深感兴趣的，这也是当时一个和容若婚事同等火热的话题。她们热情洋溢，各抒己见。

然而，一个温软纤细的声音出现得最频繁。那声音像黄鹂啼鸣缓缓流进了容若的心。他终究没忍住，望向声音的主人。那是一个素净的女子，不施粉黛，没有太多华丽的珠翠，只斜插着一朵半舒半卷、淡粉色的荷，却恬静动人，美入人心。

晚风一吹，蔷薇花瓣纷纷飘落，她愣在原地，任花瓣泼了她一身，裙边那一只蝴蝶也随着花瓣翩翩起舞。不知不觉间，容若已伸出手去挽留那蝴蝶。

他是情的种子，在温和的季节，注定发芽。他的举动却惊扰了谈笑中的美人，为了化解尴尬，他加入谈论，并准确地说出韵脚，其中一个女子提议他以眼前之境题一首词。眼前的，不就是这几个如花似玉的女子吗？女子们个个期盼着，唯有她缩在后面，将头深深低下，贴到胸前的流苏发出的微响却泄露了她的心事。但她不知道，她低眉颔首的含蓄姿态如一片雪白的羽毛，轻抚过某个隐秘的角落，引起一阵悸动。

稳定心神，终于填出了词。诵完后，一片安静。半晌，容若才解释吟咏的是那株白梅花。这时终于有人问："你，你不会就是明珠大人府上的容若公子吧？"

容若只是微笑，没有回答，然后施了礼数，慢慢转身离去，他的目光却隐约瞥见那个白衣胜雪的影子朝自己的方向侧了侧身，他没敢正眼相看，带着几分欣悦默默地离去了。

花坛中确有一株白梅花，但彼时根本不是梅花开放的时节，四周绿意盎然，花团锦簇，哪一样不比枯梅树更能引发诗情？

　　疏影临书卷。带霜华，高高下下，粉脂都遣。别是幽情兼妖媚，红烛啼痕都泫。趁皓月、光浮水茧。恰与花神供写照，任泼来、淡墨无深浅。持素障，夜中展。

　　残釭掩过看愈显。相对处，芙蓉玉绽，鹤翎银扁。但得白衣时慰藉，一任浮云苍犬。尘土隔、软红偷免。帘幕西风人不寐，恁清光、肯惜鹣裘典。休便把，落英剪。

——《贺新凉》

康熙十三年（公元1674年），成年的容若终于等到了生命中最重要的一天——迎娶卢氏。

可是结婚从来就不是一个人的事，她是父母为他选的妻子。黄昏终于等到了夜晚，夜晚终于等到了睡着，也许只是听从父母之命，容若木无心成亲。在新婚之夜，两个人在房中，静得可以听到他与她的心跳声，心跳声都熟悉到可以相互辨认，但彼此却未细细打量过对方的脸孔。

清晨，容若醒来天色尚早，但妻子却已不在。妻子细心，起床后还将自己的被角小心掖合。他起身，推开木窗，雾还未散去，染成远山浓重的黛色，这景象使得空气闻起来都有股墨香。

真像一幅水墨画，容若想……

"真像一幅水墨画"，一个温软纤细的声音从楼下的院子里传来，容若吓了一跳。那好像是声音的主人，她穿着一身大红金线的旗装，站在一丛新开的梨花旁，望向他刚才望的方向，那正是容若的新嫁娘。

也许是听到了楼上的声音，她急急地回过头来确认，两人的眼神相遇，她并没有避开。容若看她的样子像在阅读一首古老而不朽的诗，一个字一个字读得认真而坚定。那张脸并无惊人的美艳，但柔和的五官可以看出她拥有亲和、温厚的个性。

相看无言，时间在两人之间默默地流淌，沉淀着世界上所有的声音。这是一种爱的共鸣，只在两个人的心间。

她忽然一笑，面如桃花。她说："原来是你。"

这四个字被风拉得很细很长，曲曲折折地钻进容若的耳朵，就像被粗粝的沙尘和同样粗粝的岁月掩埋的小小边城千百年来响起的第一串敲门声，整个城突然苏醒。

佛说："前世的五百次回眸换来今生的一次擦肩。"今生相爱的人是前世就注定的缘分，所以，宿命的安排有时也是合理的。

容若和卢氏的这场婚姻是美丽的，是天赐良缘，容若是幸运的，他没有等到"绿叶成荫子满枝"的时候，而是"守宫偏护星星"。

缘分不容他来错过，他知道，一错便是千年，便成永远，便是悔恨。

"绿叶成荫子满枝"出自杜牧的《叹花》："如今风摆花狼藉，绿叶成荫子满枝。"

故事讲昔日一名落魄诗人在家乡遇到一位心仪的女子，但却觉得自己无官无品，配不上女子，始终不敢表明心意。他想功成名就之后再风风光光地回来娶她，于是，他便上京考取功名。几年后，他终于取得功名，做了一名官员，于是返乡提亲，却不料昔日的心上人已经成家多年，而且已经是子女绕膝。诗人追悔莫及，痛恨中便写下了这句："绿叶成荫子满枝。"

容若却不会这样，因为失去的警钟时时都响彻在他耳畔，他再也经不起沧桑流转。

　　他不会听着弦断，断那三千的痴绵；不会看着花湮，湮没一朝的风涟；花若怜，更不知落在谁的指尖？他是懂得惜花的情痴，是懂得爱花的情痴，更是懂得疼花的情痴。

　　容若惜花，但他却没有只为花疼，他为爱放手一搏，幸福就该争取，也要不断付出。都说一见钟情，对如今的容若和卢氏来说，更像是一见倾心。

　　红尘邂逅，他炙热的情感，经久芬芳，似春草般轻俏地萌生，紫色情缘，如夏花般无声绽放。这就是他情愿的宿命，他是转世的情痴，美满给予他最美的补偿。

相知：未能无意下香尘

浣溪沙

旋拂轻容写洛神，须知浅笑是深颦，十分天与可怜春。

掩抑薄寒施软障，抱持纤影藉芳茵，未能无意下香尘。

在那个吹满暖风的岁月里，他又轻轻唱着一曲温馨的古曲。望着皎洁明月，独坐小楼，一张书桌，一盏明灯，一本古书，一杯淡茶，慢慢走近容若，我读到了他细腻柔美、多情多爱的情肠。

他是一种高贵的美，他是为了爱的存在，是为了情的召唤……

素心相赠，霞光云影，融入温熙的风中，飘逸在每一个角落。伊人轻歌曼舞，衣袂飘飘，君在执笔蘸墨，风度翩翩，爱慕满笺，梨花树下，清风陶醉。在一个满是纷扰的岁月里，他们依然相守着一个美丽的故事。

容若深切地感受着，这就是美满，这就是天伦之乐，这就是无与伦比的神仙眷侣。妻子卢氏就是那画中的洛神女，时时守候在自己的身边。

他没想到，幸福竟会在一场痛心疾首的别离后来到自己身边，离去了一个表妹，却来了一个卢氏，他暗暗庆幸。

容若和卢氏二人婚后琴瑟相合，可谓才子佳人，实为天作之合，过着"绣榻闲时，并吹红雨，雕阑曲处，共倚斜阳"的生活。

卢氏温柔纯真，童心未泯，她会为了保护一朵荷花而淋雨生病。当容

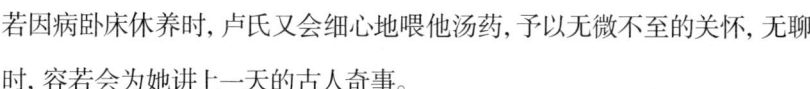

若因病卧床休养时，卢氏又会细心地喂他汤药，予以无微不至的关怀，无聊时，容若会为她讲上一天的古人奇事。

此时的容若还没有真正地踏上仕途，所以还没有公务缠身的烦恼，两人完完全全沉浸在新婚的幸福喜悦之中。

都说容若是个上苍眷顾的宠儿，真爱从不从他身边离去。可这一切，不仅仅是靠上苍的眷顾就可以得到的，而是他本就该拥有这么多真爱，谁让他风华绝代于世！

容若既是才子，怎能就靠诗词上有着脍炙人口的成就便横绝于世？除了诗词，容若在书画上也是造诣颇深的。自古才子，哪一个不是琴棋书画无所不能，无所不精的？这是古代文人的必修课，也许只有这样才是不辱才子的称号吧！

容若才情共具，韵味横生，容若曾学师于当时知名画师禹尚基、经岩叔等人，后来又和严绳孙、张纯修等画坛名师成为终生知己，画艺自然也就更进一步了！

卢氏是个贤惠的妻子，每天清晨都还没等容若起床便已经开始收拾他的书房，整理好容若头一天晚上看过的书籍，收起用过的笔墨，把书案打扫干净，然后沏上一杯茶，等待着容若起床读书。她打开窗户，茶香和窗外的花香顿时就融合在了一起，萦绕清晨的每一缕霞光……

容若黯然欣喜，此情，此景，源于红尘，却胜于红尘。落在凡人眼里，是不可企及的幸福。落在过客眼里，是一寸相思一寸肠！他是用情换来的身躯，守着不变的生死恋。

这天，卢氏和往常一样清早便向书房走去，刚推开门，却看见容若已在书案上挥动着笔墨，甚是投入。卢氏也不知道容若是何时走到了自己的前面，早她一步来到了书房。

她不知道他在书写或者画着什么，她好奇地走上前去……

容若的一幅《洛神图》刚好落笔，容若轻叹了一口气，眼睛细细地打量着这幅刚完成的美图，嘴角微微地露出了笑意。

卢氏腼腆地凑上前去，她惊呆了，她的眼神深深被画中的仙女洛神所吸引了，这可能是她见过最美的女子。

"这是《洛神图》。"她轻轻地说道。

容若回过头看着卢氏，没想到妻子还如此博学，不愧是大家闺秀，书香门第出身。

"没错，这是《洛神图》，送给你的。"容若轻声地说道。

卢氏接过画来，细细品味着……那画中的洛神女飘然于碧波之上，翩若惊鸿，婉若游龙，衣带飘扬，身姿轻盈，仿佛兮若轻云之蔽月，飘飘兮若流风之回雪。远而望之，皎若太阳升朝霞。迫而察之，灼若芙蓉出渌波。

在容若眼里，身边的妻子卢氏又何尝不是"明眸善睐，靥辅承权"，"瑰姿艳逸，仪静体闲"。她就是那画中的洛神女。无论是浅笑，无论是步履，无论是娇嗔，无论是羞涩，种种姿态，种种深情都是无与伦比的美。

《洛神图》也是源于一个美丽的传说，而在世代的《洛神图》中，当数东晋顾恺之的《洛神赋图》最为有名。

顾恺之是东晋时的著名画家，多才，工诗赋，善书法，才华横溢，被称为"才绝，画绝，痴绝"。他的画，风格独特，被称为"顾家样"，人物清瘦俊秀，所谓"秀骨清像"，线条流畅，谓之"春蚕吐丝"，与师承他的南朝宋陆探微、梁张僧繇，并称"六朝三杰"。而"像人之美，张得其肉，陆得其骨，顾得其神，神妙无方，以顾为最"。约364年在南京为石棺寺画维摩诘像，引起轰动，名声大噪。

《洛神赋图》是根据曹植的同名文学作品《洛神赋》而画成的长卷，画中生动地展示了曹植与宓妃泣笑不能，欲前还止的深情动人形象，形象地表达出了曹植对洛神的爱慕和因"人神之道殊"而不能如愿的惆怅之情，可谓神来之笔。

传说是这样的，魏武帝之子曹植在年少时曾与上蔡县令甄逸之女甄宓相恋，然而后甄宓却嫁给曹丕，并被赐封为后，生子明帝曹叡，后来却惨遭杀害。曹植无意间获得甄后遗留下的枕头，感而生梦，写出《感甄赋》，以

作纪念。后来明帝曹叡将其改为《洛神赋》传世。

洛神是传说中伏羲之女，溺于洛水，化而为神，世人称之为宓妃。这是同名的巧合还是天意，将甄后和洛神结合在了一起，美而感人，因而也成就了一段传世的佳话。

容若看着卢氏的脸，又看了看画中女神，一纸的墨香，倾注了几许温柔，笔意间流露的全是喜悦和相爱的柔情。他们的婚姻不再是政治或家庭的安排，而是真正的爱恋。

卢氏闲愁落尽的美颜，融入了如诗的画卷。容若画的是他们的生死恋，滚滚红尘，只求执手相携，不离不弃，一恋便是永远。

爱之于容若，是渴求而又可怕的，失去过才会更加懂得珍惜，爱之不易，怎能再错失。

他把期盼放在背后，怕风把它吹走，静候一个爱的结果。他抖抖身上的风尘，轻轻收起那些多余的猜忌的心，把所有的柔情释放。

太阳已经东升了，在洒满光辉的房间里，心中也布满了爱的红光。于和煦的晨曦中，他收拾好零乱的思绪，尽情呵护一场千年的爱恋。

他们是前世的恋人，未散的情缘在风中无声地飘了千年，风雨飘尽之后，遁入今生，淘尽红尘，他们又得以相守留恋。红尘有了他的装扮，分外美丽……

如果世间的爱都是相恋便可以相守，那为何总有一些伤，千年也无法愈合？因此，和曹植相比，他又是幸运的。

曹植终究和恋人擦肩而过，他只能在回忆中寻找着有关洛神的点点滴滴。丁今生的俗世里，尽是无奈苍言，迟暮岸边。蓦然回首，葛颜早已为相思而枯黄了。

而容若的妻子就在眼前，他早已相守着心中的洛神，彼此相知，彼此相爱，似水流年与君同，执子之手与君老。

上天是公平的，容若失去了年少的初恋，总会给他一份更美的婚姻，给他一段足够守望的幸福。

世人爱他，不是因为他是权贵之后，而是因为他是绝世的情痴。世人羡慕他，不是因为美到忧伤的诗句，而是那如痴如醉的爱。

如果可以穿越时光，我想看他思之若狂的模样。如果可以千年问话，我想问他一句，红尘邂逅，何时能休？如果可以相遇梦中，我想听一句"一生一代一双人"的神伤。

惺惺相惜：为谁亲系花铃

朝中措

蜀弦秦柱不关情，尽日掩云屏。已惜轻翎退粉，更嫌弱絮为萍。

东风多事，馀寒吹散，烘暖微醒。看尽一帘红雨，为谁亲系花铃？

卢氏本是汉人，入旗后又受到满人文化的交融浸淫；容若虽是满人，却痴迷着博大精深的汉人文化，如此满汉交融，举案齐眉，琴瑟相通，那是不世的珠联璧合。

卢氏确实为汉人，在顺治十四年出生于满人福地盛京（现沈阳）。卢氏的父亲卢兴祖是汉军镶白旗人，因为文才武略而被重用，列八旗之一。

"贞气文清，恭容礼典"，卢氏一派大家闺秀的风范足可让容若心动，足可成就一场美满姻缘，生活给了他们最美的眷顾。

渐渐地，容若几乎不能适应没有卢氏的生活，他知道，卢氏给他带来了太多太多。

那时的容若美美地陶醉在最最幸福的爱恋里。他可能完全不曾想到，幸福只会像昙花一现，却也足足占据了他人生的十分之一，日后回忆起来时，越美就越心痛。

世人说容若和卢氏的婚姻幸福，也正是因为他们都出身豪门，不用担心柴米油盐酱醋茶的琐事，完全不用为生计而发愁。

古人言："贫贱夫妻百事哀"，如果容若和卢氏也像大千黎民夫妇一样，每日里都为生计而愁断肝肠，那如水般纯洁的感情，也会在日复一日的现实磨砺中渐渐变成无可奈何的麻木，最终也只落个相对无言的可悲结局。

其实不然，如果真是这样，古今怎会有那些千古传唱的爱情经典。

如果真是这样，柳三变也不会"衣带渐宽终不悔，为伊消得人憔悴"。如果真是这样，陈衡恪也不会有"嗟余只影系人间，如何同生不同死"的哀叹。如果真是这样，容若更不会有"若容相访饮牛津，相对忘贫"的切切真语。如果真是这样，那些一声声相思语，一段段相思情又为谁而写？

容若是情的化身，只是情让他们如此眷恋，只是情让他们如此相爱，相惜……这也是他们共同努力相互依恋的结果，生活中的卢氏无微不至。

卢氏总会在容若执笔苦思的时候送上一杯清茶，柔柔细心必能为容若拂去满目惆怅。在容若骑射完毕，大汗淋漓之时送上一张手绢，素手纤纤必能为他擦干满面苦汗。在他新词作罢，墨迹未干的时候，一字一句浅唱低吟，柔美的声音必能为他平添几分才情的韵味。

他们看尽春红夏绿，道不完相思沉迷，似有一日不思量，也蹙眉千度……自古诗人就爱楼，独倚危楼，更诉相思。容若也不例外，他常常依偎在楼上的窗边，看着楼下花园里的卢氏，天真地追蝶赏花，这是一种容若独爱的享受，是一种淡然的美。

他一语不发，静静地享受着这种特异的幸福，他醉了……亭台楼阁中，放一碟应时的蔬果，两杯清茶，不去管那外边的风雨，只做一对惺惺相惜的恋人。

他们还曾携手望那皎洁的明月，祈结永世之好，就这样对着天空，守望着同一轮明月，诉说两片衷心。世俗早已无法侵扰，甚至曾经因病错失殿试而一成功名的遗憾，也在如此良景中慢慢消退在云霄之外。

卢氏是难得的女子，更是难得的儿媳，卢氏嫁入明珠府后，自然也深

受府中众人的喜欢，毕竟在满人风气里，像这样温婉娴静的女子确实少见，抚琴弄弦就足可让满族儿女望而却步，不敢与之比拟。琴也是一个才女的标志。

"蜀弦秦柱"，蜀弦是泛指蜀中所制的琴，弦即琴弦，柱为琴码，一弦有一柱。古时的琴有五十弦。

李商隐《锦瑟》中言："锦瑟无端五十弦，一弦一柱思华年。"

秦筝是古老而韵美的乐器，相传是秦朝时的著名将领蒙恬将军所造。汉代应劭著《风俗通》记载："仅按《礼乐记》，五弦筑身也，今并凉二州，筝形如瑟，不知谁所改作也。或曰蒙恬所造。"后人根据这段文字推断说："古筝五弦，施于竹如筑。秦蒙恬改为十二弦，变形如瑟，易竹以木，唐以后加十三弦。"

据说蒙恬也是文武双全之人，武能大败齐军，降兵河套，血战匈奴，独步沙场，一战为秦定乾坤；文能为秦始皇出谋划策，又是公子扶苏的老师。

容若不知此处是不是用典以自比蒙恬，或许只是在叹息蒙恬虽和自己相似，却不如自己懂情，多情，也或许这只是夫妻间的一个玩笑语。

这样的初春，琴瑟声悦，情真意浓，云屏华美，难言欢欣。

他漫步走进书房，屋里还留有一丝冬日未尽的寒意，和煦的东风从窗户吹进来，把那淡淡的寒意缓缓吹散了，暖意浓浓，令人陶醉。容若不禁向窗边走去，帘外的落瓣被风吹得纷纷扬扬，就像是在下着一场红雨，温和美丽，红透了两份真情。

容若打眼向窗下望去，又是那个娇艳的身影，轻轻移动，仿佛已经融入了满地的落红。她纤细婀娜的身影正亭亭玉立在树下。

他好奇地看着她。为了防止那些鸟儿把娇嫩的花朵啄伤，带落，她正细心地往花枝上系上一个个小小的护花铃。

容若看得入神，他正被这细腻之心深深打动，他不知道如何能表达出心中的怜悯与喜悦了。

"红雨"就是飞落的桃花瓣，或者其他的花瓣，宋代汪元量《洞仙歌》有："风卷残花堕红雨"，华岳《次翁正叔溪山胜游之韵》也有："双桨碧云苔浦合，一帘红雨杏花飞"。那是一首少有的美诗，全诗为：

> 溪南风物照窗扉，溪北兰舟缆翠微。
>
> 双桨碧云苔浦合，一帘红雨杏花飞。
>
> 只知有酒酬佳景，却恨物绳系落晖。
>
> 更约风流众年少，明朝依旧莫相违。

关于系花铃，有一个美丽的传说。

五代王仁裕《开元天宝遗事·花上金铃》中有这样的记载："唐玄宗天宝初，宁王日侍，好音乐，无流蕴藉，诸王弗如也。至春时于后园中纫红丝为绳，密缀金铃，系于花梢之上。每每有鸟鹊翔集，则令园吏制铃索以惊之，盖惜花之故也。"

汤显祖《牡丹亭》中也有："踏草怕泥新绣袜，惜花疼煞小金铃"之句。

容若是惜花，但更爱花，怜花……

当人们提起容若时，还是不忘了那八个字"慧极必伤，情深不寿"。容若是个情的宠儿，深情是他特有的人格魅力，多情是他专有的风华，痴情是他不变的风骨。

若不深情，如何倾注一世韶华。若不多情，如何落得满目神伤。如不痴情，如何飘然于世俗之外？容若和卢氏相依相伴，牵了今生，定了永远。

看一场落花，吟一首情词，他又多爱了几分。听一曲古筝，酌一杯清酒，他又痴迷了几分。披一身月华，诉一场相思，他便一醉千年。

如果婚姻只是混沌初开的依偎，那惺惺相惜就是末世的眷恋，任凭山河破碎，星月颠覆都无法隔断。

容若又看了卢氏一眼，心绪在他心底无法改变，山河依旧，星月缠绵，守出了一场末世的爱恋。

守护：给你倾城的温柔，恋我半世的流离

虞美人

凭君料理花间课，莫负当初我。眼看鸡犬上天梯，黄九自招秦七共泥犁。

瘦狂那似痴肥好，判任痴肥笑。笑他多病与长贫，不及诸公衮衮向风尘。

人生是一场未知场景的戏，永远不知道下一幕会怎样上演。世事变迁，谁又不是沧桑百年？谁又不是三年风雨三年晴？康熙十五年，容若二十二岁，这一年对容若来说是成功的一年，或者说是幸运的一年，在这一年里，他一生中的诸多大事都不期而遇。

他多了一个弟弟——揆叙，纳兰明珠是老年得子，值得庆祝。三月，容若等来了第二次殿试的机会，这次比上次幸运得多，他如期参加了这次考试，并高中二甲第七名，赐进士。

谁又能想到，三年前的他因病错失了改变人生命运的机会，他伤心流涕，还为此写下了那首《幸举礼闱以病未与廷试》：

晓榻茶烟揽鬓丝，万春园里误春期。

谁知江上题名日，虚拟兰成射策时。

　　紫陌无游非隔面，玉阶有梦镇愁眉。

　　漳滨强对新红杏，一夜东风感旧知。

　　那时的容若有喜也有悲，喜好友们的金榜题名，悲自己无缘此次功成名就的机会。然而，人生是不允许他一直悲伤和失望的，三年后的他成功了，和其他读书人一样，十年寒窗终博得一功名。

　　杜臻也曾在《哀辞》中提到："丙辰廷对高第，方且陟清华，领著作矣。"容若之师董讷也在《诔词》中有言："方名进士，余方与同馆诸公，抃首庆快，为玉堂得人贺。"

　　自古以来，书生们在殿试金榜题名之后，皇帝都委以这些人合适的官职，为国效力，也是给他们一个展示满腹才华的舞台。

　　然而容若却是这般境地，谁也没想到，他在高中之后却迟迟没有得到委任，他只能默默地等候皇命，终于，康熙给了他一个超乎他想象的官职，是御前侍卫。

　　容若本是文科出身，本该委一文官，和古今治国济世的能人一样，为国家的繁荣昌盛做出贡献，这样才不负了他一身的才学。

　　或许真是名字昭示了人生，也正是在这一年，纳兰成德不得不改名，为避太子"保成"讳，"纳兰成德"改为了"纳兰性德"，他的人生也发生了风云的变幻。

　　本可过着终日与诗书为伴，与国家政治为伴的生活。谁知却要做一名侍卫，执戟庙堂，尽管可以长伴天子身边，但他还是不免有一些失望和哀叹的苦楚。毕竟自古伴君如伴虎。

　　但他并不气馁，他坚信，只要路是对的，就不怕遥远，只要上下求索，终可得偿所愿；只要认准是值得的，就不吝啬付出，他相信精诚所至，顽石亦可开出花朵。

　　可他不知，天意常会弄人，有时路走着走着，已不是昔日昔景，有时坚持久了，世界已悄然沧海桑田，行至尽头再回望，人生不过真就是白云

苍狗。

他没有想到，这个侍卫一当就是他的一生，直到伴随着他一起逝去。也就是在这一年，容若在好友顾贞观的建议和帮助下，编辑了自己的第一部词集，他还给这部词集起了一个冷艳娇丽的名——《侧帽集》。

"侧帽"一词，语出《周书·独孤信传》，"信在秦州，尝因猎，日暮，驰马入城，其帽微侧。诘旦，而吏民有戴帽者，咸慕信而侧帽焉，其为邻境及士庶所重如此"。

独孤信是一个名满天下的美男子，绝对的一代美男，世人皆仰慕，女子更迷恋他的容貌和风流倜傥，而男子便模仿他的打扮，他是代表潮流的一代。

有一日，他出城狩猎，兴致一高就忘了时间，等到回城已是日落时分，就要关城门了，独孤信要赶在宵禁之前奔到家中，头上的帽子被微风吹斜了，来不及扶正。谁知晚霞映照着这样的骏马少年，却引得路人都目眩神驰，鲜衣怒马，翩翩少年，夕阳晚照，冠帽微斜，这还是人吗？根本就是神仙降世啊！众人一时心向往之，都想要学学。买马习射是来不及了，于是——第二天一早开始，秦州城里有了新潮流：官吏士民都把帽子歪着戴，只盼能跟上独孤公子的一厘半分……

从此以后，"侧帽"的典故多被引用为风流自赏的意思。北宋晏幾道在《浣溪沙》中有："侧帽风前花满路，冶叶倡条情绪"，又有杨亿《公子》："细雨垫巾过柳市，轻风侧帽上铜堤"，朱敦儒《鹧鸪天》言："尊前忽听当时曲，侧帽停杯泪满巾"……

容若的风流绝不只在容貌，他少年便已经名满天下，与鸿门大儒相提并论，可谓志得意满，就如同他《踏莎行》中说的那样："倚柳题笺，当花侧帽，赏心应比驱驰好。"

独孤信以样貌令人侧帽，而容若却以才华令人侧帽，难怪世人总会在一个个冷夜里看着他一句句缠绵悱恻的诗句而昼夜不眠，令世人为之倾倒，为之侧帽。

他和顾贞观是同道中人，做起事来自然是事半功倍，兴趣百倍，这一年容若和顾贞观还做了另一件事——汇编《今初词集》。

文化的源泉总是取之不尽，用之不竭的，他们认真地挑选着每一首诗词，倾听着"同是天涯沦落人"的心声。

在这部词集里共收集了一百一十九首，其中容若本人十七首，顾贞观二十四首，陈子龙二十九首，龚鼎孳二十七首，朱彝尊二十二首。

对于这个被称为"词家三绝"之一的朱彝尊，容若是认识的，而且还早于认识顾贞观之前。

那是在康熙十一年，容若十八岁，一位四十多岁的落魄书生，独自背着他的《江湖载酒集》，步履蹒跚地走进了帝都北京，他是一个寒门书生，潦倒一生，正如他在《江湖载酒集》中给自己用的那首纲领之词——《解佩令》：

> 十年磨剑，五陵结客，把平生、涕泪都飘尽。老去填词，一半是，空中传恨。几曾围、燕钗蝉鬓？不师秦七，不师黄九，倚新声、玉田差近。落拓江湖，且吩咐、歌筵红粉。料封侯、白头无分！

也许是有着相同的命运，或都是天涯沦落之人。朱彝尊也是一个深情而又被情所困一生的人。

有人说诗人词人的风流本就是他们先天的优越条件，能获得女子的青睐，也多能成就佳话，就像那"奉旨填词"的柳三变，一生多情，风流满世界，可谁又能懂那"寒江天外，隐隐两三烟树"的孤独。

一生富贵优游的晏殊，花前月下，舞榭歌台，可谁又能明白"人面不知何处，绿波依旧东流"的无奈。

傲视权贵的晏几道，不合世俗，昨梦前尘，可谁又能体会那"此时金盏直须深，看尽落花能几醉"的深情……只是世俗的眼光总会抹杀掉一些真情。朱彝尊的爱恋是不被世俗认可的，他注定孤独，注定漂泊一生。

他深情，但更执拗，他不顾世俗的眼光，他不但爱了，而且毫不遮掩。他爱了世俗认为不该爱的人，他爱的是他的妻妹。他和妻妹可谓心心相印，是一对璧人，然而世俗却给了他们讥讽和嘲笑。深情是一剂良药，可以让人神清气爽，可又是一把利剑，削碎心肠。

朱彝尊饱受相思之苦，饱经人世沧桑，却终不改其志，其心，将眼泪化作力量，情化作诗卷，写下了那一首首传世之作。还记得那首《桂殿秋》，那是绝世之作。

思往事，渡江干，青蛾低映越山看。

共眠一舸听秋雨，小簟轻衾各自寒。

他的词纵使可以描绘出一幅美妙的画卷，却也描绘不出两颗心之间的一世眷恋。

他和容若却是这般相似，容若和初恋表妹因为皇权而不得不永世相隔，而朱彝尊却是被世俗之眼阻隔了他们相爱的道路。

一个落拓文人，穷困潦倒，两袖暗淡；一个富家公子，少年成名，锦衣玉食，但命运却把他们安排得如此相似。容若和朱彝尊一见如故，做伴红尘。容若细细品读着《江湖载酒集》，他感慨万千。

在京城漂泊至今已岁过四十，有些沧桑白发。然而刚成为潞河漕总功佳育幕府的他，对于人生已经淡然了许多。什么名利，什么志向，什么功成名就，都只是一声长叹，只有这《江湖载酒集》才是他真实的过往。

他只得感慨"滔滔天下，不知知己是谁？"容若一遍又一遍地读着他的过往，一年后，容若写信给朱彝尊，深表仰慕之情，望得相叙，却不料朱彝尊竟然亲自登门拜访。一个年近半百的落魄文人，一个风华正茂的少年奇才，他们相遇相知。衣衫褴褛、饱经沧桑的朱彝尊在容若面前确实显得苍老了许多，然而他们相知没有辈分之别，只是志趣相投。

朱彝尊是容若难觅的知己，当他在收录朱彝尊的那些哀伤的诗词时，心底依然还会暗暗流泪。他们都是为情而来，为倾尽才华而来。

正如世人所说，容若的词写得这样好，一半是因为他天生的格调，另一半是因为他深爱的女子。

也是在这一年，康熙十五年，容若家里又新添了两个成员，一个是他的弟弟揆叙，另一个则是容若的姜室颜氏为他生下的儿子福格。同年，父亲明珠又被调任为吏部尚书，这又是纳兰明珠仕途上的一次大跃进。此时的"三藩"已平，国家最需要内休民生，纳兰明珠便从兵部尚书调任为吏部尚书，俨然成了康熙面前的红人，足可独当一面。

明珠府可谓多喜临门，容若是高兴的，姜室颜氏温良贤淑，大方体贴，也是一代良人。

容若和妻子相爱甚深，然而婚后却无子女，或许还是封建的思想困扰了明珠夫妇，毕竟"不孝有三，无后为大"，也或许是为了家族名誉，容若在婚后不到一年便在父母的安排下纳了颜氏为妾。

他深爱妻子，本不想纳妾，然而他少读诗书，自知礼仪，父母之命难违。当时的容若带着几分怨气，也有几分不愿意。

本来那是个男人三妻四妾也正常的年代，何况还是一个贵族，一家皇亲国戚，如果只有一个妻子，反倒让人笑话了，或许也是这些给了容若足够的勇气。

于是，他决定听从父命，只是，后来的结局让他没有后悔，反而高兴万分。

容若是一朵出世的彩云，总是描绘着各种不同的颜色，也让他的人生变得那么传奇。

关于这个颜氏，似乎就是神秘的一笔。颜氏的家世不详，没人提及是名门之后，或是将相之女，更没有像其他人赞美卢氏"性本端庄"一样赞美她的长相，或许她只是一个普通的旗人女子，没有高官爵位的家族背景，没有富甲一方的财产，更没有横绝一世的才华。

也许也正是如此，颜氏在容若的爱情里，总是被人遗忘，但颜氏肯定

是温如泉水的，不然容若怎会有如此美满的家庭。

　　颜氏从进门的那一天起，便做好了接受命运的准备，她自知自己所处的地位。

　　她平静地看着容若与卢氏抚琴画画，写作念诗，虽然这些颜氏都不会，然而她懂得如何照顾好自己的丈夫，如何体贴温柔。她与卢氏也是相处甚欢，这是让人所想不到的。

　　自古三妻四妾的家庭都是矛盾重重，明争暗斗，总不得安宁。然而卢氏和颜氏的相处却和其他的人大相径庭，卢氏性格温厚，从不因自己是正室而处处刁难颜氏，也从未仗着容若的宠幸而有恃无恐，专横跋扈，反而对颜氏关爱有加，亲密无间，像姐妹一般。

　　颜氏也是顺从谦让，百依百顺，尽心尽力地尽好妾室的责任，没有心计。而今的颜氏又为容若生下了第一个孩子，颜氏得到了全家人的喜爱。如果说卢氏给了容若家的温暖，那么颜氏则给了容若家的温馨。

　　容若是幸福的，知己无数，恩爱缠绵。

有你，安好：试扑流萤，惊起双栖蝶

蝶恋花

露下庭柯蝉响歇。纱碧如烟，烟里玲珑月。并着香肩无可说，樱桃暗解丁香结。

笑卷轻衫鱼子缬。试扑流萤，惊起双栖蝶。瘦断玉腰沾粉叶，人生那不相思绝。

容若本该闲游于世，学那风流的柳三变，逍遥的李太白，放荡的苏东坡，游历名山大川，满目山河情怀。然而，他却不为山色动容，只为情而销魂，他忙碌一生。

自康熙十五年，被皇帝钦点为三等侍卫以来，容若便时常奉驾宸游塞外。他不得不与幸福的家庭生活分离。

天下无不散之筵席，他又怎么能逃过这尘世不变的规律。作为皇帝身边的侍卫，他不得不听命于皇帝，他只得默默地承受着这分离的苦痛，尽管刚出生的儿子还小。无奈的容若只得离愁别恨浓，可又怎奈何？

这一年的七夕，他迎来了他的第一次护驾出巡。在别人的眼里，和皇帝出巡是荣耀和无限风光的幸事。

然而他却像在行役天涯，正如严迪昌《清词史》中言："情怀迥然不像出于华阀的'富贵花'所有，这就是纳兰才性异于常人处。有谁如纳兰这样

年方青壮，位处清贵，却把随天子出巡看成行役天涯的苦差使呢？"

此时的容若心里多了一份牵挂，多了一份不舍，何况在这七夕之日，原本是个夫妻团圆之日，而今要远离爱人，这让他如何不牵挂？如何不舍恋？

离别的节奏悄然而至，容若步履蹒跚地走进房间，妻子与颜氏站在窗前，看着天空的一轮明月，她们听到了容若的脚步声，却不敢回头看他的脸。她们都是容若的好内助，不希望丈夫看到她们的两双泪眼。离别何止憔悴人眼，更是憔悴人心。

容若悄悄地走向贤妻小妾，但他也克制不住内心的一种凄凉。

"明月，明月。曾照个人离别。玉壶红泪相偎，还似当年夜来。来夜，来夜。肯把清辉重借。"这是他此刻最深情的吐露，这是他心中的呼唤，他是深情的王子，却没有王子最美的故事。

卢氏和颜氏终于回过头来，她们理解容若的苦楚，她们都是他的好内助，她们忍住眼泪，不让眼泪挂在脸上。

她们强忍着苦痛为即将远行的容若打点着行装，但眼眶还是微微泛红。凉风拂面，眼泪还是悄悄落下两滴。

他也只能寄希望于那皎白的月光，希望月光能把那条远去离别的道路照得明亮，他日归来之时能早些看见她们的身影。

塞外的风光使他万情交错，他写下了这首《台城路·塞外七夕》——

白狼河北秋偏早，星桥又迎何鼓。清漏频移，微云欲湿，正是金风玉露。两眉愁聚。待归踏榆花，那时才诉。只恐重逢，明明相视更无语。人间别离无数，向瓜果筵前，碧天凝伫。连理千花，相思一叶，毕竟随风何处。羁栖良苦，算未抵空房，冷香啼曙。今夜天孙，笑人愁似许。

此时的容若更是"相思相望不相亲"，相思一叶，也不知随风飘往何处？只怕是飘往了京城的家中，卢氏与颜氏的身边。

情之于容若，彻头彻骨。爱之于容若，千年不变。思之于容若，染红一窗明月。

他虽身在千里之外的塞外，心却在家中晶帘之内。当初迤逦风光所在，如今却只是一抹伤心的月色，照耀着一朵孤怜的海棠花。然而，海棠花再美，也载不了人心片片相思。

月上海棠·中元塞外

原头野火烧残碣，叹英魂才魄暗消歇。

终古江山，问东风几番凉热。

惊心事，又到中元时节。

凄凉况是愁中别，枉沉吟千里共明月。

露冷鸳鸯，最难忘满地荷叶。

青鸾杳，碧天云海音绝。

七夕之后便是中元节了，古人言："每逢佳节倍思亲"，远在塞外的容若又如何能在如此佳节不倍思亲人呢？

中元节是民间盛行的节日，道教节日能与传统民俗相应，正月十五汉族人称上元节，也就是元宵节，自古就有；七月十五汉族人则称中元节，乃祭祀先祖之日，又称"鬼节"或"七月半"；十月十五汉族人称下元节，民食寒食，纪念贤人。

中元节和佛教、道教均有关联，道士于中元节打醮祈祷，赦免亡灵，让阴灵得以超度，民间则放河灯，烧纸钱，因俗而异。佛教与道教对这个节日的意义各有不同的解释，道教强调孝道；佛教则着重为那些从阴间放出来的无主孤魂做"普度"。

民众于日常生活中符合儒、释、道三教，因而也成为民间的中元节。

道教《修行记》中言："七月中元日，地宫降下，定人间善恶，道士于是夜诵经，饿节因徒以得解脱。"他们认为，阎王在每年的农历七月初打开鬼

门关, 放出一些阴间的亡灵, 让他们享受后人给他们的供祭, 所以民间会大做法事。

而佛教也在这一天举行超度法会, 称其为"屋兰玛纳", 也就是"盂兰盆会", 他们则认为人生的痛苦犹如倒挂在树头上的蝙蝠, 悬挂着, 苦不堪言。为了使众生免去"倒挂"之苦, 便需要诵经, 准备食物给孤魂野鬼, 与道教有些相似之意。

佛教的"盂兰盆会"起源于"目莲救母"的故事, 故事出自《大藏经》:

佛陀的弟子中, 神通第一的目犍连尊者, 因为惦念过世的母亲, 他用神通看到其母因在世时的贪念业报, 死后堕落在恶鬼道, 过着食不果腹的生活。目犍连于是用神力化成食物, 送给他的母亲, 但其母不改贪念, 见到食物到来, 深怕其他恶鬼抢食, 贪念一起食物到她口中立即化成火炭, 无法下咽。

目犍连虽有神通, 身为人子, 却救不了其母, 十分痛苦, 于是, 便请教佛陀如何是好。佛陀说, 七月十五日是结夏安居修行的最后一日, 法善充满, 在这一天, 盆罗百味, 供巷僧众, 功德无量, 可以凭此慈悲心, 救渡其亡母。

目犍连遵佛旨意, 于七月十五用盂兰盆盛珍果素斋供奉其母, 其母终得食物。这也是台湾普度拜"好兄弟"的由来。

远在他乡的容若, 已是悲恨交加, 看着旧城残垣的古战场, 荒芜的古墓断碑, 叹古今多少英雄为了自己的事业颠沛流离, 最终也都化为了冢中枯骨, 而在这中元之节, 却也只是些孤魂野鬼, 还有谁为他们祭祀。

他深深感叹, 无论是是非非, 皆成过往; 纵然才华超然, 也都只会随风远去; 千古的江山, 也会沉埋于历史, 万世之后, 还能凉热几分。

这就是时间, 这就是历史, 是人所不能承受之重。这样的孤凉时节, 思乡之情, 思亲之情, 古今之情更易交织心头。而今的容若也是伴皇帝左右, 他只是红尘一粒, 也逃不过红尘洗礼, 他和其他的十年寒窗苦读的学子一样，都希望建功立业，然而他又会不会像其他的前世阴灵一样，最后只是一堆白骨，空展了抱负。

又是一个月圆之日，容若本该与妻妾共度良宵，而如今却只是共望明月，相隔千里，寒意侵袭着相思之心。满地的荷叶，隔断了鸳鸯，两两相望。深彻痛心中，容若又想起了那些与妻子卢氏和颜氏在家的美好岁月。

初秋的傍晚，落日的余晖刚刚散去，天气很是宜人，蝉还在此起彼伏地叫着。

卢氏抱着刚出生不久的福格在院中散步，讲着一个个动听的故事，满颜欢笑。而树下躺在椅子上的颜氏憔悴的面容已经消去了许多，她身体恢复得很好。她姣美的面容依然是那样祥和而平静，她面带微笑地看着卢氏和怀中颤动着小嘴的婴儿福格。

因为她的孩子在这样一个温馨的家庭成长着，众人万般呵护，为人母的颜氏自然高兴万分。

卢氏是个懂事明理的妻子，自颜氏怀孕以来，她便处处悉心照料着，更像一个姐姐，她做着本该颜氏做的事情，帮她承担了一切事务，只为让颜氏好好静养，她也是在为自己的丈夫尽上一份心力，这毕竟是容若的骨肉。

容若有说不出的满意，他在长廊的另一端看着这一切，如此娇妻美妾，是他几世苦修才得来的福气。

一会儿，月亮渐渐升了起来，下人在长廊里点亮了灯笼，月光和灯光交织在院子里，庭院显得更加柔美温和了。

卢氏似乎看见了什么，她把福格给了一个侍女，卢氏挽起那绣有鱼子花纹的衣袖，走向院子盆栽的花丛中。

那是流萤，她舞动着娇媚的身躯在花丛中追赶着它们，她想要抓几只来给福格，逗他开心。

树丛中栖息的一双蝴蝶被惊动，飞了起来，它们相互缠绵着越飞越高，从树梢间飞向了月亮，它们是喜欢月光清美的光辉的。容若看着温婉的妻

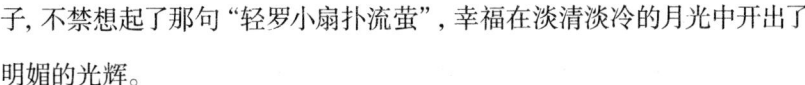

子，不禁想起了那句"轻罗小扇扑流萤"，幸福在淡清淡冷的月光中开出了明媚的光辉。

然而也在沉淀着一种苦痛，那便是回忆，昔日的时光越是幸福快乐，当变成了回忆就会痛加百倍，容若也是快乐并痛着。

即使当回忆沉淀在永夜的坟墓，没有了波涛的汹涌，也没有了风雨的飘零。

在岁月的平静里，他还是会道上一句，有你，安好！

第五章

葬花天：惜花人去花无主

独恋：花落了，梦也残

蝶恋花

今古河山无定数，画角声中，牧马频来去。满目荒凉谁可语？西风吹老丹枫树。

幽怨从前何处诉。铁马金戈，青冢黄昏路。一往情深深几许？深山夕照深秋雨。

自古北方出皇帝，南方出文人。而容若却是出在北方的文人，所以他有着南方文人的书生意气，同时也具备了北方人的强硬之气。

文武双全的容若在康熙身边做一个侍卫就是最好不过的了。康熙是驭臣的高手，对于容若他就不得不这样安排。父亲纳兰明珠已是权臣，自然容若就不能再得以掌实权，臣强主弱的局面怎么可能发生在康熙身上？

容若功名出生，又不得不委以官职，而这个官职就显得格外适合。他武能护皇帝安全，文能博古通今，皇帝时时可以垂询。文武并用，实在美哉。

然而，容若总是以文人的身份出现在世人面前。也确实是他才情的光芒太过耀眼，武学便显得暗淡了许多，直至世人都已然忘却。

容若和其他的文人墨客一样，同样会钟情于江南，憧憬于江南。江南秀丽的风光是文人永远逃不过的魔障。传说范蠡功成身退后便携绝色美人西施，泛舟游于西湖之上，白头到老，令人艳羡。

容若正是意气风发，怎会不恋江南……

浣溪沙

十里湖光载酒游，青帘低映白蘋洲。西风听彻采菱讴。

沙岸有时双袖拥，画船何处一竿收。归来无语晚妆楼。

容若此时远离家乡，远离至爱的妻妾，相思甚苦，或许这江南的风光还可以减少一些相思之苦。

有人说容若一生从未到过江南，然而江南的风光在容若诗词中却历历在目，人们更愿意相信容若到过江南，到过那个魂牵梦绕的地方。

江南和他想象的差不多，烟雨朦胧，他尽情地抛洒着自己与生俱来的天赋。容若或许有几分离愁，有几分怨恨，但都在江南的烟雨中，落成了几分幽幽绵绵的细雨。

他带着一壶清酒，乘一叶扁舟，在十里平湖之上，摇曳着一种少有的悠闲。他从天青色的烟波、浓浓的模糊水面上翩然走来。

他划破江面的白蘋，看着采菱少女们沐浴在西风中，唱着清脆的采菱讴，悠扬婉转，与湖光山色缠绵交融。

他听得入迷，他似乎听到了一种隔世的呼唤。不知不觉中，他口中也轻轻念道："十里湖光载酒游，青帘低映白蘋洲。西风听彻采菱讴。沙岸有时双袖拥，画船何处一竿收。归来无语晚妆楼。"

他的心里又被唤起了那些挂念，尽管与京城的荣华富贵相比，他可能更喜欢十里湖光、沙岸划船的生活，然而湖光沙岸的生活只会更加唤起一缕缕相思。

"白蘋洲"在浙江湖州。白蘋是长在水中的一种浮草，颜色雪白，飘零水上，颇有可怜之态。在古时，恋人分别之时，常会相互以白蘋相赠，以示相恋不舍，在诗词中渐渐变成了一种情的寄托。后来没有固定指代就是浙

江白蘋洲，只是一种泛指。

如温庭筠《梦江南》："过尽千帆皆不是，斜晖脉脉水悠悠，肠断白蘋洲。"

尽管江南的风景奇美，令人陶醉，然而也还是"归来无语"。风光再美，也美不过思念；江南再好，也抵不过流年。风光越是美丽，愁也越浓烈。

他见景伤情，多情总是伤情，他像极了那个"问君能有几多愁？恰似一江春水向东流"的南唐后主李煜。

同样的天赋奇才，同样的缠绵爱情，同样的见景伤情，同样的情真意浓，他们是隔世的知己！或许他们本就是一个人，不断地在世间轮回，为世间不断注彩。只是到了容若这里，少了几分亡国之恨罢了！

所以李煜说："一片芳心千万绪，人间没个安排处。"容若说："凭仗丹青重省识，一片伤心画不成。"

李煜说："胭脂泪，相留醉，几时重？自是人生长恨水长东。"容若说："人生若只如初见，何事秋风悲画扇。"

李煜说："雁来音信无凭，路遥归梦难成。离恨恰如春草，更行更远还生。"容若说："只应碧落重相见，那是今生。可奈今生，刚作愁时又忆卿。"

一首《渔父词》："浪花有意千重雪，桃李无言一队春。一壶酒，一竿身，快活如侬有几人？"

李煜千年前的一声长叹，唤出了千年后浊浊于世的容若。世上如侬几人？世上如他只一人。

他已成天涯飘零之客，自康熙十五年以来，他便伴随康熙左右，或是在旖旎的江南，或是在千里的塞外。

然而，无论在哪里，他始终不能忘却家中的卢氏和颜氏，还有儿子福格。他的心是孤独的，心若孤独，走到哪里都是流浪。

容若跟随康熙踏遍河山，心中的思念却不能沉眠。在江南旖旎的风光

中，他看到无边的丝雨细如愁。踏上塞外的寒土，他看到了一方青冢，情深几许，那是昭君的墓冢。

今古河山无定数，画角声中，牧马频来去。满目荒凉谁可语？西风吹老丹枫树。 从前幽怨何处诉。铁马金戈，青冢黄昏路。一往情深深几许？深山夕照深秋雨。

自古昭君之怨便传唱得酣畅淋漓，或是颂扬，或是同情，但更多的是敬佩。

诗圣杜甫有《咏怀古迹》言：

群山万壑赴荆门，生长明妃尚有村。
一去紫台连朔漠，独留青冢向黄昏。
画图省识春风面，环珮空归月夜魂。
千载琵琶作胡语，分明怨恨曲中论。

昭君怕是自古以来被人称颂最多的。她是一个千古传奇的美人，她是"落雁"一词的缔造者。但如果上苍只赐予了她倾国倾城的容貌，那她至多只是一个后宫粉黛，最后也只会雁落鸿林，终不见踪影。

她能流芳百世，只是因为她还做了一件让人叹为观止的大事。

她勇敢而又有主见，她也是聪明绝顶的。

人皆言塞外苦寒，匈奴人彪悍。只有她是不怕的，与这深宫中孤守一世的恐惧相比，塞外苦寒又算得上什么？

王嫱字昭君，是中国的四大美人之一。民间传说，王昭君之母，四十不孕，一日进神庙拜神，夜里，梦见一轮明月投入怀中，不久生下昭君。因此，王昭君也有皓月之称。集三阴柔和，天地温和之气，与山间溪流，空壑皓月同色。

她只是一个寻常宫女，家境平平，因为拒绝贿赂贪鄙的画师毛延寿而被易美为丑，郑旦成了嫫母。

"入宫数岁，不得见御"，一个个漫长的黑夜，一朵朵花尽残红，无奈的等待，荒唐的等待，凋谢的等待。

她不再想寸寸年华消磨寸寸的青丝，更不愿意将美好的青春铸成帝王的祭坛，任凭挥霍与享用。

她终于无从等待，上天也赋予了她机会和能力，终身一扑，一举成功。

如果上天只给了她和亲的机会而没有天生的丽质，或者都给了而她没有自荐出塞匈奴，她都是不会成功的。

美貌是一种男人无法抗拒的神力，苏妲己用她的美貌摆布着商纣王，颠覆了殷商王朝百年的霸业。而王昭君也用她的绝色姿容征服了两个男人。一个为失去她而饮恨终生，从此视六宫粉黛如飞尘；一个为拥有她而放弃了争霸的念头，对大汉朝俯首称臣。

她用天赐的容貌换来了国家几十年的太平。昭君出塞六十年，"边城宴闭，牛马布野，三世无犬吠之警，黎庶无干戈之役"。青冢墓碑语："一身归朔漠，数代靖兵戎。若以功名论，几与卫霍同。"让人千秋喟叹。

昭君身上也寄托了太多的文人理想，不自觉地成了后世诗人文中映照命运多舛的有志之士的一面明镜。

她的美貌和智慧，正如那些文人志士的满腹才华。

她拒绝给毛延寿贿赂，一如孤芳自赏不为五斗米折腰的清高气节。

然而，汉帝也是怨的，昭君自告出塞，大殿上临别相视，再美都为时已晚，她注定成了呼韩邪单于的怀中美人。这是汉帝余生无法愈合的巨大伤口和耻辱。他的江山是她挥舞绝艳的石榴裙所擎起的，这是何等悲叹。

红粉飘零，远适异域；汉帝悔恨，孤影独命。

可谁又真正懂得那一曲平沙落雁的绝唱的悲凉，谁又能懂得青冢上常年不枯的青草为何而生。后人《五更哀怨曲》言：

一更天，最心伤，爹娘爱我如珍宝，在家和乐世难寻；如今样样有，珍珠绮罗新，羊羔美酒享不尽，忆起家园泪满襟。

二更里，细思量，忍抛亲思三千里，爹娘年迈靠何人？宫中无音讯，日夜想昭君，朝思暮想心不定，只望进京见朝廷。

三更里，夜半天。黄昏月夜苦忧煎，帐底孤单不成眠；相思情无已，薄命断姻缘，春夏秋冬人虚度，痴心一片亦堪怜。

四更里，苦难当，凄凄惨惨泪汪汪，妾身命苦人断肠；可恨毛延寿，画笔欺君王，未蒙召幸作凤凰，冷落宫中受凄凉。

五更里，梦难成，深宫内院冷清清，良宵一夜虚抛掷，父母空想女，女亦倍思亲，命里如此可奈何，自叹人生皆有定。

昭君的怨又何止这些……

"今古河山无定数。"

自古朝代更迭，江山总会易主，这是历史不可抗拒的规律。从来金戈铁马，荒凉战场换来的朝代也只如花开花谢。

容若看着这一片荒芜的沙漠，一方青冢，漫漫黄昏路。她用自己的青春，用自己的情爱去换取的一个和平世界，最终也都只是虚无。

容若深深地叹息，一句"一往情深深几许，深山夕照深秋雨"，他将情怨、乡怨一次升华。

传说王昭君死后，葬在大黑河南岸，墓地至今尚在，在今内蒙古呼和浩特市旧城南九公里处的大黑河畔。据说入秋以后塞外草色枯黄，唯王昭君墓上常年草色青葱一片，故称"青冢"。

千百年来，青冢独眠的王昭君一往情深，缕缕怨心，怕只有容若这样的绝世情痴才能看得清，读得懂。

她怨的不是不能回归故土，不是千古的事业，只是如果能长伴相爱的人左右，在深秋深山守着夕阳，守着细雨，一往情深，那些事业又算得上

93

什么？毕竟谁也不能永保万世的功成。

容若也是远离故土，远离爱人，伤痛怕只有那一方青冢能懂。

繁华凋落，一片黄沙，梦也残破。扈从皇帝在外的容若，他不正是那常年塞外的昭君吗？

抑郁：凄凉毕竟因谁

清平乐

塞鸿去矣，锦字何时寄。记得灯前伴忍泪，却问明朝行未。

别来几度如珪，飘零落叶成堆。一种晓寒残梦，凄凉毕竟因谁？

　　乾隆末年。一个阳光温和的午后。一位朝中大臣手捧一个精美的匣子，来到了乾隆休息的院中。他兴奋地把手中的匣子献给了正在闲暇的皇帝——乾隆。

　　他便是大名鼎鼎的千古一臣，和珅。乾隆接过和珅手中的匣子，打开一看，三个大红的字出现在乾隆的眼前——"石头记"，曹雪芹的《石头记》。

　　在此之前，和珅已找人将《石头记》续写完成，只为进献皇帝，以讨欢心。是时，此书于民间正传得沸沸扬扬，究竟写的是什么故事？

　　乾隆捧着微黄的书卷，一页页翻开，从那太虚幻境，一直到大观园；从贾雨村，一直到贾宝玉，他越看越入迷，那真是神来之笔。他看着看着，不禁发出了一句感慨："此盖为明珠家事也。"

　　从此，看似不相干的两个人便联系在了一起。"明珠家事"中的明珠便是指容若的父亲纳兰明珠。后人便把容若看成是贾宝玉的原型。同样的权臣名门，同样的家道中落。然而，世人不承想，曹雪芹和容若确有几分渊源的……

康熙十三年，十六岁的曹寅进宫，被封为御前侍卫，以及少年康熙的伴读。曹寅，字子清，号荔轩，又号楝亭，工诗词，善书。他便是曹雪芹的祖父，他先两年于容若在康熙身边当御前侍卫。曹寅家也是皇家的亲信，可谓世受皇恩，自其祖父起就为满洲贵族的包衣（奴仆）。

顺治八年，又由王府包衣转为内务府包衣，正式成为皇家的家奴。这时，曹寅的父亲曹玺升任内廷二等侍卫。三年后，康熙出生，按照清朝的制度，凡皇子、皇女出生后，一律在内务府三旗（即正黄、镶黄、正白旗）包衣妇人中挑选奶妈和保姆。

曹玺的夫人孙氏有幸被选为康熙的乳母。从此，曹家与皇室的关系也就更上一层楼了。后来康熙执政后，更是关照有加，曹玺自身也是忠实勤奋，办事利索，深得康熙喜爱。因此，康熙赏蟒袍，赐一品尚书衔，任命江宁织造，可谓无限风光。

康熙后来的多次南巡就是住在这个江宁织造家的，只是那时的江宁织造已经换成了曹寅。

两年后的康熙十五年，容若金榜题名，受封三等侍卫。此时，爱新觉罗·玄烨二十二岁，容若也二十二岁，曹寅十八岁，三人年龄相仿，正是意气风发，他们既是君臣，也是知己。

容若本是一世才子，又如何喜欢宫中的钩心斗角，人与人之间的权益相争。皇宫对于他更像是一个禁锢自己的囚笼。

然而，曹家经几世的熏陶，已然是书香门第，家学渊源。曹寅更是习文之人，一代才子，他早已仰慕容若大名，被他的文采深深折服。

容若和曹寅有同样的家世，同样的爱好，甚至同样的职位，他们倾心相交，结为挚友。容若和曹寅的交情在史书上记载无多，然而史书唱和确是不争的事实。

曹寅的父亲曾建"楝亭"，以作为两个儿子授业的学堂，然而，后来曹玺却在任职期间死去，江宁织造易主，世事变迁，楝亭便破旧不修。直到后

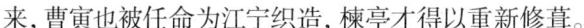

来，曹寅也被任命为江宁织造，楝亭才得以重新修葺。

楝亭是曹家的家族图腾和文化情结，曹寅一生对此感情甚深，楝亭饱含了他太多的情结，后来更以"楝亭"为号，以示感怀。

康熙二十二年，容若随驾南行，他和曹寅一起寻访了楝亭，他提笔写下这首《满江红》赠与好友曹寅。

籍甚平阳，羡奕叶、流传芳誉。君不见、山龙补衮，昔时兰署。饮罢石头城下水，移来燕子矶边树。倩一茎、黄楝作三槐，趋庭处。

延夕月，承朝露。看手泽，深余慕。更凤毛才思，登高能赋。入梦凭将图绘写，留题合遣纱笼护。正绿阴、子青盼乌衣，来非暮。

容若深知一个文人的心思，一个文人的情结，他知道这楝亭对曹寅的意义。

或许文人都喜欢和身边的某个事物产生细微而又不可磨灭的感情。或是一座城市，或是一个长亭，甚至一个官职，这都足够让他们迷得沉醉，让他们爱得深沉。

就像欧阳修的醉翁亭，杜甫的茅草庐，柳宗元的柳州，容若的蕊香幢……容若和曹寅是惺惺相惜的知己，他们同样有文人之气，词中满溢着真情赞誉。曹家几世功勋，几代文人，更是万种风情，一切都溢于言表。

世事就是如此巧妙，康熙二十九年，曹寅出任苏州织造，两年后调任江宁织造，他算是子承父业，重归故土，坐在当年父亲曾坐过的位置，他感慨万千。

他故地重游，再次回到了楝亭，这里已是沧海桑田，一分景色，三分伤感。楝亭已经破旧不堪，他重新找人修葺了一番，似乎比以前更完美一些。

上任不久，一个好友前来探访，他便是庐江郡守张纯修，他也是容若的好友，江宁知府施世纶也到了。三人齐聚楝亭，秉烛夜话。

那晚，他们把酒言欢，直到月已高升，在凄凉的月色中，楝亭也显得有几分凄凉。

这时，他们几乎同时想到了一个人，多年前在此填写那首《满江红》的容若，他颂扬曹家功绩，歌咏楝亭，可如今楝亭犹在，人却不在了。

他是世间难觅的知己，少有的志士。

曹寅忆起容若，万情交织，挥笔写下了这首《题楝亭夜话图》：

> 紫雪冥濛楝花老，蛙鸣厅事多青草。
>
> 庐江太守访故人，建康并驾能倾倒。
>
> 两家门第皆列戟，中年领郡稍迟早。
>
> 文采风流政有余，相逢甚欲抒怀抱。
>
> 于时亦有不速客，合坐清严斗炎燠。
>
> 岂无炙鲤与寒鷃，不乏蒸梨兼瀹枣。
>
> 二簋用享古则然，宾酬主醉今诚少。
>
> 忆昔宿卫明光宫，楞伽山人貌姣好。
>
> 马曹狗监共嘲难，而今触痛伤枯槁。
>
> 交情独剩张公子，晚识施君通纻缟。
>
> 多闻直谅复奚疑，此乐不殊鱼在藻。
>
> 始觉诗书是坦途，未防车毂当行潦。
>
> 家家争唱饮水词，纳兰心事几曾知？
>
> 斑丝廓落谁同在？岑寂名场尔许时。

其中一句"家家争唱饮水词，纳兰心事几曾知？"古往今来，泪湿了多少多情人的衣裳。众人都在传诵着饮水之句，可是，容若的心事又有几人能知呢？无奈，这世间不公平的事太多，不懂情深的人也太多，不解风情之人更多！

都说容若风华正茂，可那凄凉的离别之苦，谁又能懂？都说容若多情多爱，用情不专，可那痛彻心扉的失去，谁又能体会？都说容若才华横溢，风光无限，可那无福享受天伦之乐的无奈，谁又能知道？

容若的一生只是在不断地和爱相聚，又不断地和爱离别，不断地寻找着爱，又不断地失去爱。一生不想离别，却一生都在离别。

凄凉毕竟因谁？凄凉只因离别！

侍卫之差风光，却也凄苦，时常在外，哪不凄凉？每当看着归雁，他便料想着远在家中的妻子定然是在一遍遍写着相思的家书，他苦苦等待着千里遥寄来的相思书信。

倘若塞外的鸿雁真能托来妻子的家书，那该多好。容若深感无奈，他又想起了和妻子离别时的情景，妻子强忍着泪水，还轻轻地问上一句："是否明天起行？"容若懂得那是妻子的眷恋，妻子的不舍，容若又何尝不是如此呢？

"锦字"，便是书信。

传说前秦时期，秦州刺史窦滔因得罪了苻坚的手下大官而被流放远方，从此便与妻子远隔一方。妻子苏惠饱受相思之苦，于是，便在一块锦布上绣上841个字，纵横29个字的方图，横竖皆成书，可以任意地读，共能读出3752首诗。深刻动人，感人泪下。

那是深爱的证据，也是饱受相思之苦的恋人最痛心的字句。后世因称"锦书"为妻寄夫书。

薛涛《赠远》有："芙蓉新落蜀山秋，锦字开缄到是愁。闺阁不知戎马事，月高还上望夫楼。"那是新婚便分离的闺怨。

范成大《道中》："客愁无锦字，乡信有灯花。"是深切的期盼。

离别是一种针扎的痛，是一种无法言说的伤。

如今的容若已经离家很久，望着那些飘零的落叶，似乎也在沉淀着一层层思念，只怕那条来时的路上，已经堆满了厚厚的一层。

容若在一个个飘零的夜晚，辗转不眠，梦魂不安，他也无奈这一番凄苦。也难为了妻子那纵横的牵绊，谁叫天涯隔爱，距离弄凉了心意。

走完沧桑人世，也再未相遇，甚至来不及说一句爱你。才知道，错过了一转身，便错过了人生。不是爱得不够，只是情深缘浅。

　　泪浥红笺第几行，唤人娇鸟怕开窗。那更闲过好时光。

　　屏障厌看金碧画，罗衣不耐水沉香。遍翻眉谱只寻常。

——《浣溪沙》

　　小院孤独，卢氏一遍一遍写着书信，心思像一条独孤的鱼，在信笺和心上人之间静静地游动。她不知道写什么好。

　　鸟鸣，沉香，眉角，还有落花，她想统统寄过去。她满含泪水，湿了一张又一张信纸。以致她再也无法写下去，然而这闲好的时光慢慢流走，她只得日复一日地等待着容若归来的那天。

　　远信不归空伫望，幽期细数却参差。细数着离别的日期，一点点心神意乱，盼望着归雁的书信，却一天又一天地空望。

　　晚睡亦难，晨起亦难，夜夜辗转只落得衣带渐宽。她在梦里，探测远方归来脚步的距离。清晨醒来，她用三千烦恼丝，织成一条绵绵的小径，等他归来。

　　假如细雨后还是细雨，忧伤之后还是忧伤，思念之后还是思念……

　　那么，离别之后的离别，幽居的伊人该如何面对？

　　一如疯长的毒瘤，他们日日备受着疼痛的煎熬，却无法一刀割掉。他们只得一日日地躲在世俗的喧嚣中望着秋水，让脚迹步行累累。只要等到铅华洗尽的那一天，归来，便可一点点痊愈。

　　容若闪烁着泪眼，相思难诉！字字无相思，处处是相思！还好，就要等到归期了，就快要回家了，回那个缓解相思之苦的家……

香消玉殒: 倩魂销尽夕阳前

浣溪沙

谁道飘零不可怜，旧游时节好花天。断肠人去自今年。

一片晕红才著雨，晚风吹掠鬓云偏。倩魂销尽夕阳前。

自古海棠花美，却美得让人敬畏，让人害怕。

它是世间飘零之物，更是世间伤情花。海棠飘零，断肠几人！

他深深记得易安的绝唱《如梦令》："昨夜雨疏风骤，浓睡不消残酒。试问卷帘人，却道海棠依旧。知否? 知否? 应是绿肥红瘦。"

易安也怕海棠飘落，也怕"绿肥红瘦"。

红尘无情，谁也经不起流离。落花沾水，花落无意辗作一帘深深锁疏雨的幽梦，繁华过往，云烟点点，落下的只是一杯残酒的清愁。烟雨也渡不过红尘之外，盼不回往昔的数点哀怨。唯有独坐窗前，看尽夕阳残照，把忧思洒在红晕的夕阳余晖之中。容若倩魂消尽，不是相思，而是一场生死相别。

当人们都还年轻的时候，没有人会去想象什么是老去，更不会去想什么是死亡。

然而，死亡是人的宿命，是世间轮回的必然，没有人可以逃脱。但年少的时候有谁会去担心这个呢?

正是少年韶华的容若，恣意挥洒着年少的风华，享受人生最美的时光，那时花开正好，吐艳争芳。

他又如何想到，时光过得竟是这样快，蓦然间，婚后已是三年光阴。真是时光荏苒，颠覆了过往，他似乎还没有来得及好好享受那样温馨的生活，或许是太沉迷了，时间便在指尖悄悄滑过了。

这一年是康熙十六年，康熙突然很沉迷于狩猎，容若无奈，只得自始至终地随驾天子。那人世的天伦之乐虽近在眼前，他却没有更多的时间去享受。

二月，容若随驾南苑狩猎。四月，康熙去霸州围场，容若还是不得不随从。五月，暮春，容若回到家中。京城的暮春天气有些不同于往年，似乎清冷了许多，落花落瓣漫天飞舞，更加肆意，是一个清冷的葬花天气。

容若看着庭前的海棠花，它们已经少了往年的冷艳，也变得更加容易被风吹落，一阵微风，便可落英满地。容若心中莫名地升起了一丝不安，但他不知心中的不安从何而来……

卢氏已经怀孕几个月了，五月暮春便要临盆，这将是他的第二个孩子。大儿子福格早已能自己走路了，福格长得俊美，颇有几分父亲的容貌，他在院子里一歪一跛的动作总是惹得一家人欢笑。

虽然容若早已为人父，但他这次真的很紧张，他不知道是什么总让他心中的弦绷得紧紧的。

他帮不上什么忙，只得在产房外焦急地来回踱步，他不知所措，产房来来回回忙碌的下人匆匆地从容若身边走过，他听见产房中卢氏微弱的叫喊，声音变得越来越大，阵阵撕裂着容若的心。

他感到一种恐惧，他似乎曾经有过这样的感觉，就是在几年前父亲叫他和表妹一起到大堂的那次，两种恐惧竟然是那么相似，只是这次更加强烈，更加恐惧一些。

眼看着卢氏被这一场酝酿了十个月的苦难深深折磨着，他心如刀绞。

卢氏似乎是难产了，这是最容易夺去一个女子生命的灾难。

命运总是那样难测，总是让人猝不及防。他深感脆弱和无力。他多希望自己就是一个神医，能帮妻子摆脱这致命的苦难。

终于，一个婴儿呱呱的哭声传到了容若的耳朵里，他绷紧的神经终于放松下来，他高兴地快步走进产房。他甚至没有顾得上看那个刚出生的婴儿，他直接奔向了卢氏的床边。

卢氏静静地躺在床上，像一朵就要萎靡凋谢的花朵，奄奄一息，满头大汗。卢氏渐渐地虚弱下去了，眼睛再怎么用力似乎也无法睁开，她双手的指头不断地颤抖着。她是还想再看容若一眼，最后一眼。

然而，她却最终没有能睁开双眼。她的身体开始慢慢变凉，变得僵硬，容若坐在床边紧紧握住卢氏的双手。

他说不出话来，他心底在拼命地叫喊着卢氏，却始终没有一点声音。他不停地摇动着卢氏的身体，泪珠也不断往下滴落，打在卢氏的脸上，和汗滴融在了一起。

卢氏的身体越来越凉，直到没有了温度。她是真的离容若而去了，永远地离去了……

容若不敢想象这一切都是真的，他更不愿意相信这一切是真的。下人们将容若扶到了一边，然后拉上被子，将卢氏的身体盖住了。

容若仿佛赤身站在冰天雪地里，他浑身发抖，似有无数的冰雪向他奔涌而来。

原来生死只是一瞬间。只是一瞬间，一整个世界，轰然崩塌……尽管有人说死如同生一样同属生命，可谁又能真正承受生死，看破生死？

死亡是每个人都无可避免的，容若知道会有这么一天，却不想，这一天来得这么快，来得这么突然。

嗟叹英雄泪，红颜已殁，人生苦多，山河永寂，容若怎堪欢颜？妻子带着几分眷恋，离开了尘世，只在另一个世界等待……

容若再也无法泰然，他像是迷失在了荒原，经历着一个凋谢的梦魇，久久不能醒来。心已成灰，一轮明月，两行苦泪，空阶到天明。那些无法兑现的誓言，在生命中最深谙的恋情中散作云烟，飘零而去。

他永远忘不了那天，康熙十六年，五月三十日，爱妻卢氏产下一子，名海亮。她给了容若一个美妙的生命，自己却永远地离他而去……

叶舒崇为卢氏撰写的墓志铭，详细介绍了卢氏的一生。

她训有诗书，生而婉娈，十八岁嫁于容若，从此便"只羡鸳鸯不羡仙，得成比目何辞死"，还相互说着誓言："我欲与君相知，长命无绝衰。山无陵，江水为竭，冬雷震震夏雨雪，天地合，乃敢与君绝。"

然而，爱情终究没有敌过生死，二十一岁，便香消玉殒，也难怪叶舒崇说她："悼亡之吟不少，知己之恨尤深。"

卢氏对于容若就像一朵海棠，花开最美，娇艳动人，浸染了容若生活中的每一个细节，是他生命中浓墨重彩的一笔。

然而，半世浮萍随水逝，一宵冷雨葬名花。一个清冷葬花天气，葬了名花，葬了芳华，也葬了容若的红尘绝恋。

多年后，有一个身影出现在《红楼梦》中，她再也经不住现实的摧残。"埋香冢飞燕泣残红"，她终于在一个凄惨寂寞的凡境中香消玉殒，她深情地吟出那首千古绝唱——《葬花吟》，隔世，他找到了知音……

这里的葬花便与容若"一宵冷雨葬名花"有了一些不谋而合，隔世传音。都说容若是宝玉的原型，看来确实如此。

从容若的葬花到黛玉的葬花，又一次得到了灵魂的升华。如同黛玉的离去，漫天飞花，一抔净土。卢氏离世，尘埃落定，一滴红泪。

纳兰容若，一个深情公子，却注定孤苦一世，他的一生是因遇到了卢氏变得有意义，也随着卢氏的离去，随花葬了一生欢愉。

今年花开颜色改，明年花开复谁在？繁花已落，人已不在，明年花开还为谁？

侬今葬花人笑痴，他年葬侬知是谁？今年葬花为你，他年谁来为我葬花？

　　容若深情，却让这一切变得悲痛交加，时间与生死只是一层虚无，而那一番钟情的彻底断绝，才是痛入骨髓。

悼亡：当时只道是寻常

浣溪沙

谁念西风独自凉，萧萧黄叶闭疏窗。沉思往事立残阳。

被酒莫惊春睡重，赌书消得泼茶香。当时只道是寻常。

公元258年，一个"妙有容姿，好神情"的俊美少年随他的父亲来到了荆州刺史杨肇的家中，父亲是杨肇的好友，他还是少不经事的小孩子。

长辈们在一旁谈得甚悦，他乖巧地站在父亲旁边，认真地听着父辈们的言谈，尽管他还不能完全听懂长辈们谈论的国事，然而，他听得很认真。

然而，没想到这些举动却让高堂之上的杨肇十分垂青，他相信这样的孩子将来一定能成就一番事业，名满天下。

于是，他当即把大女儿许配给了他，那时，他才十二岁，父亲答应了这门亲事，成就了这对少年夫妻。

谁也没想到，就是这一门看似平淡的亲事，多年后竟会开启了诗词的另一片天地。

这个十二岁的孩子叫潘岳，字安仁。他是传世的名人。他的才华，"陆才如海，潘才如江"，与陆机齐名，是魏晋第一流的文学家。他的容貌，"仁至美，每行，老妪以果掷之满车"，是千古第一美男。他的用情之深，"只有安仁能做诔,何曾宋玉解招魂",是决然于世的亘古情痴。

后来,后人给了他一个更闻名的称谓——潘安,"貌似潘安"的潘安。

潘安,之所以为后人所熟知,绝非仅仅是他那绝世的容貌,还有他的才,他的情,他的千古绝作。他也是一个千古伤心人,他与杨氏婚后一起生活了二十几年,恩爱弥笃。

然而,时光匆匆,天不假年。晋惠帝元康八年,杨氏终先他而去,潘安悲怆难当,伤痛中写下了三首《悼亡诗》,缠绵悱恻,凄切动人,得以万世流传。

从此,开启了中国文学上的一种独有题材——悼亡。

在《辞源》中也这样解释了悼亡一词:"晋潘岳妻死,赋《悼亡》诗三首,后人称丧妻为悼亡。"

杨氏死后,潘安再无娶妻,精魂和感情在他心里永生,尽管时光可以埋葬肉身,可以沧海桑田,却葬不了人心一片痴情。

死别总是仓促霸道的,让人无从面对这样突然的轰塌。人生也最伤永别,宁隔千万里,不隔黄泉路。

"如彼游川鱼,比目中路析",恋人一去,就像比目鱼的分崩离析,谁还能承受这样的痛苦,谁还能真正持着"凭尔去,忍淹留"的淡然态度?

世间幸福大抵相同,不幸却是春兰秋菊……等悼亡之情到了元稹这里,便显得更加酣畅淋漓。

元稹出身贫寒,却是才华斐然,为人刚直不阿,情感真挚,和白居易是一对好友,后来官至宰相。

唐德宗贞元十八年,那年他二十四岁,他只是一个秘书省校书郎,然而当朝太子少保韦夏卿的小女儿韦丛却看上了他,认定他会是一个如意郎君,于是嫁给了他。韦丛钟情于元稹,不论身份贵贱,她都无从在意。她只知道,他会是个好男人。她嫁给元稹后,并没有富贵家族的娇气,反而勤劳贤淑,持家有道。他们的生活虽整日只是粗茶淡饭,却举案齐眉,感情甚深,幸福只如斯。

然而，幸福只是一个幌子，他们的好景并不长，仅仅七年后，韦丛突然一病不起，没过多久便与世长辞，她年仅二十七岁。这是他不该有的惩罚，世间之事大多不能公平而待，只是他没有想到这样的结局。

这时的他仕途正盛，已然官至监察御史，只是正在这平步青云的时候，在这一切美好正要开始的时候，妻子却离他而去。世间之痛莫过于此。

妻子亡故后，他先后写下《离思五首》、《遣悲怀三首》，以此悼念妻子，人世悲凉跃然纸上，字字泣血，行行撕心，至今依然是人间绝唱，依然让人泣不成声。

> 曾经沧海难为水，除却巫山不是云。
> 取次花丛懒回顾，半缘修道半缘君。

元稹深情，他不是朝臣，他不是薄幸锦衣郎，他只是一个深爱妻子的普通男人，他只是一个匍匐在朝佛道路上的信徒，也是爱情最虔诚的信徒，他只是祈望，祈望那份情缘可以圆满。

他只是，不结金丹不坐禅，不负如来不负卿。半缘修道，不为修来世，只为与妻子途中相见……就像六世达赖说的那样："那一世，转山转水转佛塔啊，不为修来世，只为路中能与你相见。只是，在那一夜，我忘却了所有，抛却了信仰，舍弃了轮回。只为，那曾在佛前哭泣的玫瑰，早已失去旧日的光泽。"

他们都一样，把爱变成了永恒，在须臾与永恒之间找了一座渡桥，那便是诗词，只有这样，他们才会得以安然，才有心灵的相通。

生与死，须臾与永恒。予美亡此，谁能独处？

只是无论如何修道，如何祈愿，如何诗作，只不过都是心猿意马的寄托，都只是想可以减轻一些悲痛。人世悲凉，谁还能失之坦然呢？

毕竟，逝者如斯，生者如何能不眷恋？

一阕诗词一时醉，一寸青丝一寸灰。时间到了康熙年间，在京城的五月暮春，又多了一个同他们一样的千古伤心人。

同样的亘古才华，同样的绝世情痴，同样的天涯沦落人。只是，比起他们，容若更加伤痛。

潘安与妻子相守了二十几年，元稹与妻子恩爱七载，而容若却只有三年，似乎还没有来得及相拥，便已经成了永远。他似乎一生都在不停地印证着那句催人泪下的诗句："自为红绡帐里，公子情深，始信黄土垄中，女儿命薄。"

他本多情，然而，他却还以句句道着薄情。

　　泪咽更无声，止向从前悔薄情。凭仗丹青重省识，盈盈。一片伤心画不成。

　　别语忒分明，午夜鹣鹣梦早醒。卿自早醒侬自梦，更更。泣尽风前夜雨铃。

　　　　　　　　　　　　　　　　——《南乡子·为之妇题照》

他不是薄情，只是情到深处自转薄，只是这伤情太事无巨细了，沁人心脾，刻骨铭心。

容若不是粗犷之人，自然心细如尘，情细如尘。多少个夜晚，他在窗边聆听着夜雨的音符，叩响沉默的房檐。他的点点愁绪便如同滴溅在青石板上的雨滴，滴滴叩响心扉，满目的情绪再也撕不破长夜的雨帘。

他拿着画卷，痴痴地看着卷中的容颜，那是他典藏在记忆中的盈盈一笑，可是如今，那记忆中的笑颜再也无法勾画，纵使世间有多么传神的丹青妙笔。

每每他握住蘸墨的画笔，便如握住一支无望的宿命，一触手，便只剩一壁凄清的冰凉，心绪缓缓被搅乱。茫茫的冷夜里，他肩披着被泪雨柔软

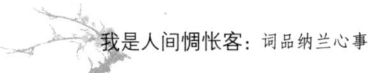

了的夜色, 脚踏着如雪的孤单和寂寞, 再也不能自已。

当泣血的书笺写满他尘世的孤单, 迷津的渡口泊满了相思的舟船, 他便踱步在曾经赌书泼茶比肩而行的地方, 他一直在做着一个不醒的泪梦, 无尽的相思就像挂在寂寞树梢的雨铃, 慢慢地让往事的风雨浸润, 摇曳着, 在心底声声作响, 明亮而又冰冷。

他只想涤清障目的红尘, 只想再看到她窈窕的倩影。只是在每一次绕梦行吟中, 他已经再也觅不到那充满欢声的长亭。只是伤心难画, 此恨何时方休?

他的疼痛与哀伤从来没有减轻过, 一直……

三年后, 容若又一次泣血成书, 如一声声划破长空的呐喊, 撕裂人心。

> 此恨何时已。滴空阶, 寒更雨歇, 葬花天气。三载悠悠魂梦杳, 是梦久应醒矣。料也觉, 人间无味。不及夜台尘土隔, 冷清清, 一片埋愁地。钗钿约, 竟抛弃。
>
> 重泉若有双鱼寄。好知他, 年来苦乐, 与谁相倚。我自中宵成转侧, 忍听湘弦重理。待结个, 他生知己。还怕两人都薄命, 再缘悭, 剩月零风里。清泪尽, 纸灰起。
>
> ——《金缕曲·亡妇忌日有感》

康熙十九年五月三十日, 卢氏去世已经整整三年, 又是一个葬花天气, 又是一个噩梦般的日子。

无穷无尽的哀思如雨般淋湿他的心间, 他煎熬在一个冷雨夜里, 一直到天明。

"梧桐树, 三更雨, 不道离情正苦。一叶叶, 一声声, 空阶滴到明。"

夜半的雨更是恼人, 如那一句: "花谢花飞花满天, 红消香断有谁怜。"

他没想到新婚三年就成永诀, 如花一样美艳的娇妻, 也如落花一样零

落成泥碾作尘。而今又一个三年，仿佛大梦一场，但如果真是梦，那也早该醒了，为何这样的梦竟是这般绞碎人心？

只是爱得太深。卢氏死后，他依然不忍心将她归于黄土，他把她的灵柩安置在了阜成门外的双林禅院，因为那是佛地，那是人生精神的朝拜之所，那里有佛主，那里可以找到精神的归宿感。

他，或想为她日日诵经，或想为她日日祈福，或想将她从此唤醒……他，不为长守，只为多看她一眼。然而，佛，只是超度，不能重生，可以涅槃，不能复活。

"咫尺玉钩斜路，一般消受，蔓草残阳。"他依然只是无助，于是，他渐渐放弃了那样的念想。

卢氏去世一年后的康熙十七年，他终于怀着不舍将爱妻葬在了皂荚屯纳兰祖坟。倘若九泉之下还可以与妻子通书，他定要问问她这几年是否过得快乐。碧落黄泉，雕栏曲处，还同谁共依斜阳？

今生，已经剩月冷风，缘情不长，等到来生，他也要结个他生知己。生与死太过残忍，尘世与天堂太过遥远。每每望着夜空，他都像一个在饥饿中渴求食物的孩子，深深地凝视着天堂的那一条天河。他不断祈祷，不断念想……天空中又响起了那一句"当时只道是寻常"。

人说有尘世也有天堂，我说尘世和天堂只隔着一条河。一条世界上流域最宽、河床最深、风浪最大的河。只是再也无法找寻一条船，一条能为他摆渡思念的船。

亦如东坡，一世的悲情，一方千里枯冢，也只道："无处话凄凉"。抑或容若的悲情尤须摆渡。

已是至真，已是至纯，已是至美！

也许，爱情的残缺本就是爱情本身最至臻的完美。不然梁祝也不用化茧成蝶，蝴蝶双飞；金岳霖也不必终身不娶……

也可以说，爱情的可望而不可即，如同繁花谢幕，当它凋零所有的花瓣后，便找到了果实。

那个与他相濡以沫三年的妻子，一个集才与情于一身的女子，她的温文尔雅，她的贤淑大方宛若秋夜的流星，已经在容若心灵深处点燃了不灭的烈焰，他已经注定不能忘怀。

那些与她生活的所有枝蔓，在银河的彼岸，又一页页浮现在他眼前。那日的黄昏茕独，蒙着残阳的余晖和黄叶的冷意，他在阁楼里醉得醺然，神情已经迷离，恍惚中看见她婀娜的身影走来。

她眉黛婉约，依坐床边，用轻盈灵秀的卷帕轻擦去他酒气浓醺的虚汗，又重新盖合了被子。

那一刻妻子无心的馈赠，让他在混沌模糊中含情脉脉地凝视着最原始的感动，不觉自身细长的情意已悄悄地在心里沉寂，就像被幽静的树林所环绕的黄昏，挥之不去了！

"此情不关风与月"，爱来的时候就是这般突如其来，也是这样寻常。甘做情痴，它无关风月。

从那时起，他们便相互守候，"愿得一人心，白首不相离"。夫妻生活也总是相敬如宾，妻子不时的劳作也会心满怜惜："半月前头扶病，剪刀声，犹共银钉"。

没有"夫为妻纲"的伦理要求，也没有"谁复挑灯夜补衣"的男权主义，字句之间满是尊怜之心。

但夫妻也深谙闺趣，志趣相投以更恩爱互重，也许在饭后兴致高涨之时常常诗书清茶，临帖写字，既不无聊也不乏雅致。

一如李清照与其夫赵明诚那样赌书泼茶，倒不在于谁真的记住了某事载于某书某卷某页某行，也不在胜者的喝茶庆贺，而是乐在其中，情到深处，泼茶留得的一衣茶香才是真正的沁人心脾，让人迷醉吧！

如果故事就到此结束了，恐怕世人也不会"家家争唱《饮水词》"了。

自古爱情凄美，文人多磨。她淡淡的笑靥，为他倾注一世温情，一如她的袅娜，爱都爱得那样静好，像云霞给暮霭中的夕阳倾尽它全部的金黄后，自己却静静地隐退在深邃的冷夜！

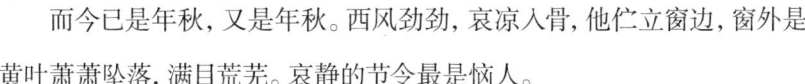

而今已是年秋，又是年秋。西风劲劲，哀凉入骨，他伫立窗边，窗外是黄叶萧萧坠落，满目荒芜。哀静的节令最是恼人。

"萧萧黄叶闭疏窗。"他紧闭疏窗，不听不看。可夕阳的余晖仍带着朦胧的温情，刺破封缄的心事，心底的片片往事开始涌现。

回忆的思绪随着身影一起被夕阳慢慢拉长。细如丝，微如尘的点滴都在心底荡起层层涟漪，无法抗拒的思念像急奔的洪流涌上心头。

此情难消！难怪文廷式也说"人生只有情难死"，情既难死，焉能不思？

只是她已经消失，消失在一个他不能触及的距离。只在过往的欢景里，留下一抹难以体会的笔意。只在冷夜间蜷缩的梦里，留下一个看不见的形象。

原本可以执子之手，与子偕老的人，却人鬼殊途，那些销魂蚀骨的深悔与无奈，又有谁人能知？

一切美好都随你消散，天涯漫漫断人肠，伤心也是无法画，从此只有寂寞相伴。对于这极其无奈的生命，缘起缘灭最能阐述彼此之间的联系，无法解释。

"谁道世间真意少，人间自古多情痴。"

容若毕竟是个痴情人，已是"生死两茫茫"，天人永隔，而他情义笃深，无法割舍，倘若卢氏泉下有知，得此夫君，亦能安息了。

当知李义山问出"何当共剪西窗烛"的时候，是自知有"却话巴山夜雨时"的；李之仪也虽住长江两头，但还可以"共饮长江水"。

而容若无法挽回一切，他只得把所有的哀思与惆怅化作一句"当时只道是寻常"，当时只是寻常景，而今字字皆是血和泪！

"当时只道是寻常"一句清得如水的话，却响彻天际，性情中人读了不禁潸然，轻轻点破人心。也如一块巨石砸破平静的冰湖，那般纯粹，也那般撕心裂肺。

孤独的容若对于情越发执着，像信仰一般追寻，成为了他安置在精神

113

祭坛上的神灵，而对世事的荣耀渐渐冷眼相视。他的深情温婉中尽显落拓不羁。

　　容若多情，且专注于情，即使再过千年，依旧当是寻常。

第九章

帐惘客：断肠声里忆平生

修佛：人人有个灵山塔，楞伽山人独自修

浣溪沙

抛却无端恨转长，慈云稽首返生香。《妙莲花》说试推详。

但是有情皆满愿，更从何处着思量，篆烟残烛并回肠。

人生有八苦：生苦、老苦、病苦、死苦、怨憎会苦、爱别离苦、求不得苦、放不下苦。

佛曰：人生在世，如身处荆棘之中，心不动，人不妄动，不动则不伤。如心动则人妄动，伤其身，痛其骨，于是体会到世间诸般痛苦。八苦既如荆棘，人生哪不妄动？生死是宿命，人生哪能不痛苦？

他是绝世的情痴，却也是红尘轮回的一粒微尘，身在八苦荆棘丛中摸爬滚打，哪里会没有苦难的鲜血？

他站在腥艳的血泊中，凝望着荆棘上摇曳的猖狂。他想试着用自己宽大的衣袖，拂去那些所有的锋芒，只是针尖般的长刺，反而刺穿了华丽的衣裳。

佛说："一切有为法，如梦幻泡影，如露亦如电，应作如是观。"或许只有浩瀚的佛法能帮他减轻一些痛苦，当把世事都看作如梦幻泡影，看作朝露闪电，然后便可以照见五蕴皆空，安度一切苦厄。

此后，容若开始研读佛法，并执着于佛法。抛却无端恨转长，慈云稽

首返生香。他知道世间情事是不可能如意完满的，毕竟天不遂人愿。然而，只有自己的心是无边的，只要修得一颗平常心，诸法万世皆如流云。他愿意谱出回肠，说与妙法莲花细听。

心是无边，才能修佛法无边；佛法无边，才能修无边之心。只有在香火灯烛里，只有在佛经梵音里，他才能抛却一切贪、嗔、痴，然后安然入眠……

自康熙十六年卢氏亡故后，便一直将她的陵寝安放在双林禅院，他也幽居禅院，他开始博览佛学典籍，寻求可以减轻一丝痛苦的慰藉，他进入了佛的世界。

禅院里，棺木中的容颜是他曾经俏丽的妻子，如今，也是他痛苦的根源。爱别离是俗世的姻缘，抑或是命运的捉弄，嬉笑相遇的时候，没有想到离别也近在咫尺……

容若更没有想到，此后他要用一生的眼泪和几度的修佛去祭奠那短暂的相守。那么，如果没有相遇，会不会好一点儿？纵然一生无趣，是否也好过这永恒的孤独，永远的思念？

对容若而言，她的离开，带走的岂止是她的生命，也带走了容若的灵魂……

"此有故彼有，此生故彼生；此无故彼无，此灭故彼灭。"禅院里又响起了僧人们诵经的声音，高僧们又例行做起了法事。远离尘嚣的古禅院里，那袅袅的香烟冉冉升起，寺庙笼罩在了香烟的朦胧里，这更显得了佛教的神秘莫测。

容若沐浴在这样的神秘气息里，声声的木鱼，微微的霞光，似乎都在努力隔着他痛苦浮躁的灵魂。只有这一刻，他的心是宁静的，犹如天上的行星在茫茫的苍穹中找到了生命的安宁。

他静静地听着古寺的禅音，他的心在飘满痛苦思绪的空气里和梵香的佛烟中一起交绵。他想在僧侣击磬的钟声中，在菩提树下的泥土里，在昏黄的青灯古佛中，能找到一颗他们相爱的舍利。

一阵恍惚，他仿佛真的看见了卢氏的一缕香魂飘散，在经声佛火里，升腾而去。慈云稽首返生香，如果真有返生香，或许就是容若最需要的。

"返生香"是可以让人起死回生的神药。西汉著名词赋家东方朔在《十洲记》中，说到了返生香。其言："西海中洲上有大树，芳华数百里，名为返魂，亦名返生香。"返魂树的树根和树心能够制成返生香，让死去的人复活。相传返生香一共有三枚，每块呈椭圆形，黑亮色。

汉武帝时期，张骞多次出使西域各国，拓宽了中原与西北、西南边疆的经济文化交流渠道，并形成了驰名古今中外的"丝绸之路"，一时间国家贸易繁荣，各国物物交换。是时月氏国曾派使臣渡过弱水，向汉朝贡献了返生香。

《汉武帝内传》记载了返生香的制作方法："返魂树状如枫柏，花叶香闻百里，采其根于釜中，水煮取汁，炼之加漆，乃香成也，凡有疫死者，烧豆许熏之再活，故名返魂香。"

后来，汉武帝的宠妃李夫人去世后，汉武帝日夜思念，于是找来了各方道士前来招魂，再用东方朔的"怀梦"香草熏之，使他们在梦中相见，直至烧"返魂香"使李夫人还魂。

容若也是性情中人，他是不是曾经也在佛主面前，苦苦地祈祷，希望佛主能赐予他那传说中的返生香，好让他和卢氏能再见一面，再续前缘。然而他明白，佛法能普度世人心，不能招还亡魂亡灵。

容若是虔诚的佛教弟子，却也是人间美丽的惆怅客，如果他真的可以将诸多的梦幻泡影从生命中轻松剥离，他就真的不会再如此忧伤。但，他如果真的平静通透了，没有了惆怅忧伤，那他还是不是我们的纳兰容若？

或许，对他来说，禁锢他的不是人世悲凉，而是一颗对情对爱痴迷的心。

佛法并没有让他全然解脱，此时的容若，哀恸仍旧侵袭着他的心，他还是不相信卢氏的离去竟然那样真实。悲伤莫过于此，发生的刹那浑然不知，等到尘埃落定之后，疼痛才开始了肆无忌惮的反扑……

他写了这样一首词：

　　心灰尽，有发未全僧。风雨消磨生死别，似曾相识只孤檠，情在不能醒。

　　摇落后，清吹那堪听。淅沥暗飘金井叶，乍闻风定又钟声，薄福荐倾城。

——《忆江南·宿双林禅院有感》

当他在双林禅院写下这首词时，他依旧还在做着一个残破的梦，他想酌酒忘忧，然而，他的忧愁积了太深。酒会醒，梦会阑，心灰飞尽，情却难醒。他还需要更长的时间来体味生离死别的意义。

心自香灰燃尽，翻飞在双林禅院徐徐响起的梵音之中，余音落定，一世余温，亦落定。

他抚摸着自己的头发，在佛家的世界里，那不是头发，那是三千烦恼丝，是六根不净象。他也曾想出家为僧，只是尘世的三千烦恼丝把他绑得太紧，拉得太深。

再不用说，曾经沧海难为水；也不用说，取次花丛懒回顾；一句"有发未全僧"就足以牵绊人心，心有佛知。

他注定惆怅人间，难了情缘。他的一生，曾经情多转情薄。他的一生，悔不该当时只道是寻常。

人说："强极则辱，情深不寿。"所以容若的一生处处皆是情深不寿的伏笔。

寺院里，夜色里依旧朦胧着香烟，灯火闪烁，他注视着香雾萦绕里的棺木，他完全能想象到卢氏在棺木里安睡的模样。

他想着他们曾经一起在风雨之夜，逗弄灯花，吟唱着"若有知音见采，不辞徧唱阳春"的浪漫诗句。

只是如今伊人不醒，他们或许就是前世的姻，也许是来生的缘，错在了今生相见,徒增了生命中一段再谢情缘,这样的交错,容若哪堪承受?

禅院内,佛经梵音;禅院外,风声钟鸣;只是这些都像是悲伤的胡笳与号角。那传说中能度万千世人,能离俗世,能脱悲苦,捻一串佛珠便可拈花一笑的般若清音又到了哪里?

他闭上眼,问佛,如何能结千年姻缘?

佛答曰:缘起即缘灭,缘生缘已空,有因有缘集世间,有因有缘世间集,有因有缘灭世间,有因有缘世间灭。

他又问佛,如何能脱离悲苦?

佛答曰:心无挂碍,无挂碍故,无有恐怖,远离颠倒梦想,究竟涅槃。

他还问佛,如何才能参佛,如何才能修佛?

佛答曰:佛在心中莫远求,灵山只在汝心头,人人有个灵山塔,只向灵山塔下修。禅院里数盏佛灯仍在迷蒙的山野夜色里微黄跳跃,如鬼魅一样凄迷,如星月一样清冷。

他的信仰依然离他而去,但他仍需要一个精神的皈依。他翻开了一本泛黄的佛经。

时间离生灭,犹如虚空华。智不得有无,而兴大悲心。一切法如幻,远离于心识。智不得有无,而兴大悲心。

——《楞伽经》

他突然心如一汪清水,淡而清澈,他一遍又一遍地读着这卷《楞伽经》,命由己造,相由心生,世间万物,皆是化相,心不动,万物皆不动,心不变,万物皆不变。他似乎感到自己已经超脱,他找到了精神的皈依。

"佛说楞伽好,年来自署名。几曾忘凤慧,早已悟他生。"于是,他给自己起了一个清凉安静的别号——楞伽山人。

楞伽山乃是佛教宝山,位于古狮子国,有庄严宝相,而又直入云霄,夜又当道,凡人不可住,更不可居。山中有无量花香树,树叶摇曳百里飘香。

此山是神仙贤圣得道入化之处。

相传达摩祖师便长居楞伽山顶，比丘菩萨前来求经问佛，达摩祖师便以《大乘人楞伽经》相授，也就是后来容若钟爱的《楞伽经》。

《楞伽经》是佛家的至上圣典，达摩祖师曾说："吾有《楞伽经》四卷，既是如来心地要门，令诸生开示悟人。吾观汉地惟有此经，仁者依行，自得度世。"

它是一本济世度世的经书，是助人脱离苦海的良药，白居易曾说："人间此病治无药，惟有楞伽四卷经。"

容若正需要这样的一剂良药，这样洞达世情的佛法，这样的一次修行来抚平他心中绝世的魔障。

世间离生灭，犹如虚空华。也唯有修佛可以助他平静，唯有修佛可以给他一方净土，唯有修佛可以让他忘忧。

人人有个灵山塔，只向灵山塔下修。他不为修得超脱，只为一片梵音的宁静……

渌水相聚：人生别易会常难

浣溪沙·郊游联句

出郭寻春春已阑，东风吹面不成寒，青村几曲到西山。

并马未须愁路远，看花且莫放杯闲，人生别易会常难。

　　人总是看不破镜花水月的，相逢便是一醉，相离只剩无言，相聚的时候没有想到离别的悲伤，离别时就只是宽慰一句，号啕一句，千万珍重，下次相逢。

　　可知，下次的下次，已经没有了下次……

　　仿佛中，我又听见了那句振聋发聩的心声："人生别易会常难。"

　　一个穿越了三百多年的回音，又响在了尘世的荒原。只有他，把尘世看得那样透彻，只有他，在相聚的欢愉中默默守候一份真情，一次来之不易的相聚。他不希望一生只聚一次，他只想一次便聚一生。

　　寻一生相识，弹一会唱一会；那一般相知，吹一会唱一会，寄一歌古曲，便不问曲终人散。一聚一离别，一喜一悲伤。

　　那一年，他普度了一份红尘爱恋。那一年，他迎来了一次难得的相聚。

　　是时，康熙已经平定了三藩，"冲冠一怒为红颜"的吴三桂注定拜倒在康熙的面前，康熙已然成了一代圣君，威加海内。接下来，他要干一件

更大更重要的事情。他知道，一个国家的民生休养，少不了文人墨客的出谋划策。

于是，康熙皇帝开始考虑如何笼络那些前朝遗老和文人的问题。他慷慨激昂地做了一个演讲："一代之兴，必有博学鸿儒振起文道，阐发经史，以备顾问。朕万几余暇，思得博通之士，用资典学。其有学行兼优，文词卓越之士，勿论已未仕途，令在京三品以上及科道官员，在外督、抚、布按各举所知，朕将亲试录用。"

这是怀柔的手段，以笼络各方名士为他所用。康熙举行的便是名震古今的"博学鸿儒科"，它在正常的科举考试之外采用举荐与考试相结合的方式选拔为国出力的人才。

康熙是圣君明君，但凡圣君明君都会广辟识人之道，然后各取所长，任人唯贤，这也是用人的最高境界。

康熙的圣旨一下，各方官员各司其职，开始纷纷举荐。于是，世间的卧虎藏龙之士纷纷浮出水面。

当然，不是所有的人都想进士及第，混迹官场的，如顾炎武、黄宗羲等世之淡泊者就大胆地说出"博学鸿儒，不如轻歌曼舞"，他们冒天下之大不韪，公然拒绝了朝廷的招揽。

康熙十七年，天南地北的名士陆续汇聚到了京城，等待着"博学鸿儒科"的正式考试。且不管名士们的考试如何，然而，有一个人却是高兴不已，他很感激皇帝这样的圣举，不仅各方朋友又有了出人头地的机会，更难得的是天南地北的好友们终于可以相聚在一起。

这也许是妻子死后，上天给他的最大的宽慰。上天已经不忍再看他憔悴下去了，才特意安排了这次盛大的相聚。

于是，在他的渌水亭边，在他的介绍下，一群四海之士，平时只闻其名，而未见其人的各地名士齐聚在了一起。

他们举杯邀月，共享这个欢愉的时刻。都说文人是孤独的，那这样的欢聚他们应该备加珍惜。因为，只有此刻，他们才能摒弃了内心的孤独，不去沾惹那些红尘心事，只邀一轮明月对饮。

高兴之余，总会有一些高兴之事，也有默默的哀伤者……

他们联写了这首《浣溪沙》：

"出郭寻春春已阑"——陈维崧

"东风吹面不成寒"——秦松龄

"青村几曲到西山"——严绳孙

"并马未须愁路远"——姜宸英

"看花且莫放杯闲"——朱彝尊

"人生别易会常难"——纳兰容若

好友相聚本是一片欢欣，一片蓬勃生机，他们寻找着春天的足迹，那拂面吹来的东风也没有寒意，赏花共饮，好友在一起，即便是走再远的路都不会觉得累。

然而，在一片欢声中，他却突然就变得沉默了，变得忧愁，丧妻之痛牵动了好友相惜，他依然感叹人生的无常。

人生别易会常难。他用短短的七个字便道出了人们不忍触碰的悲欢。它如一把钝刀切割着人们的心，阵阵剧痛。

太多的人用欢颜告慰相聚，用泪水祭奠离别。今日，还可以把酒言欢，还可以闲庭信步。今日，还在同一盏灯下促膝长谈，吟诗作对。今日，还可以赏花颂月，看日出日落。

……

然而，明日，都将独自行吟，都将独对双杯，不忍覆斟余殇，临风泪数行。古往今来，有多少人明白了这样的道理，明白了人生别易会常难的无奈。王维也正是明白了人生别易会常难，才会"劝君更尽一杯酒"。李颀也是知道人生别易会常难，才说"莫见长安行乐处，空令岁月易蹉跎"。

只有明白了人生别易会常难，陈子昂才会道"悠悠洛阳道，此会是何年？"

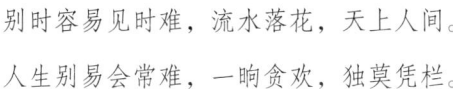

别时容易见时难，流水落花，天上人间。

人生别易会常难，一晌贪欢，独莫凭栏。

也只有容若能将这细微的情意，发挥到了极致。

这一群好友中，后来大多都入选了，如朱彝尊、严绳孙、姜宸英等人入了翰林院，撰修了《明史》。

在容若的众多的好友中，一个人的名字时常出现在世人眼前，那便是严绳孙。严绳孙，字荪友，号秋水，晚年号藕荡渔人，以诗词书画闻名于世。他也是名门之后，他的祖父便是明末时的刑部侍郎严一鹏。

他一身布衣，独钟山水，或是怀有旧朝的感念，或是祖辈为前朝臣子的影响，满人入关之后，他毅然断绝了做官的念想，一头扎进了诗词书画的世界。

他游历山水之间，与朱彝尊、姜宸英被誉为"江南三布衣"。顺治十年，与邑中顾贞观、秦松龄等人结云门社，时称"云门十子"。

然而，无心官场的他，终究还是没有逃脱官场，他本无心参加"博学鸿词科"的考试，只是举荐之人不知他心。他只是敷衍行事，却不料康熙皇帝久闻其名，钦点"史局中不可无此人"。

于是，他带着无奈与失望走进了翰林院，五湖泛舟终究远离了他。官场与五湖，是他一场背逆的宿命。

孤傲的文人终究是不适合官场的，没过几年，当他看到好友朱彝尊被贬了官，秦松龄也被夺去了官职。他终究选择了属于自己的生活，属于自己的山水。康熙二十四年，他辞官归乡，隐居山林……

文人身上有太多的刺，总会刺伤政客们的眼睛。只是，这些对于可以"士为知己者死"的容若，却是无法磨灭的隐痛，他又恢复了自己那颗孤独寂寞的心。

好友们一个一个离去，他心中一次又一次落空。人生的聚散离合，让他百般无奈，也让他疲惫不堪。

人生别易会常难，一切又都回不到从前，这是他的宿命，也是世人的宿命，无法逃脱的宿命。

也在朋友相聚一堂的那一年，康熙十七年，他二十四岁。这一年他还做了人生的另一件事，他编撰了他的第二部词集《饮水词》。

二十四岁的容若正经历着丧妻之痛，他已经苍老了许多，也再无当年"侧帽"的轻狂。现在的他，只想当一个安安静静的词人，或是藏于名山，或是沐于一汪清水。

卢氏也刚从双林禅院移至祖坟下葬，世间的一切给他尝尽了酸甜苦辣。他手捧一本古书，试图在那里找到一种安宁。蓦然间，一句话突然映入了他的眼帘，"至于有法无法，有相无相，如鱼饮水，冷暖自知"。

他黯然感叹着世间的事千变万化，历经一切的生活味道，别人又怎么会知道呢？那一切冷暖苦咸，最终只有自己才深知。

一句感叹之后，他便坐在书案前，开始静静地书写着……案边的烛灯也照亮了他的孤独。从"侧帽"到"饮水"，容若承受了太多。

他把关于他的只言片语，关于他的人世冷暖……所有的所有，都谱写成一句句缠绵清婉的词句，缓缓流进世人的心灵深处。

当梁汾在吴中帮他刊行《饮水词》时，也凄婉到无法卒读。于是，他默默地提起笔，在书页前加上了那段刻骨铭心的感触。

非文人不能多情，非才子不能善怨。骚雅之作，怨而能善，惟其情之所独多也。容若天资超逸，悠然尘外。所为乐府小令，婉丽清凄，使读者哀乐不知所主，如听中宵梵唱，先凄惋而后喜悦。定其前身，此岂寻常文人所得到者？昔汾水秋燕之篇，三郎击节，谓巨山为才子。红豆相思，岂独生于南国哉！苏友谓余，盍取其词尽付剞劂。因与吴君茵次共为定，遂流传于世云。同学顾虑贞观识。时康熙戊午年三月，书于吴居客舍。

一句"非文人不能多情，非才子不能善怨"令多少古今才子感喟泪下，文人多情，才子善怨。

　　然而，世之骚客之多，多情亦滥情，抑或不得志，或是不甘心，或是愤世嫉俗，或是踌躇满志，牢骚满腹，最后都只是牢骚之作，终如烟散云霄。

　　唯容若，他是悠然世外的才子，超逸凡俗的文人。他怨且真，情且深，词章像云霄梵音，凄凉之后，还有一丝幽山空明和劫后余生的欣喜。

　　他的怨，是一种怜，怜的不是自己，而是别人。他的情，是一种狂，狂的不是一种执着，而是那露骨的真……

　　我静静地听着他隔世的梵唱，迷恋他的《侧帽集》，痴迷他的《饮水词》，他的当时错，他的两销魂，他的十年心……

续弦：下弦不似初弦好

点绛唇

一种蛾眉，下弦不似初弦好。庚郎未老，何事伤心早？

素壁斜辉，竹影横窗扫。空房悄，乌啼欲晓，又下西楼了。

一轮残月，夜下徘徊，细数的风声打破那唯一的，仅属于黑夜的宁静。隔空的弦月下，那是传自百年的隔世吟唱。

那温馨为浪漫，缠绵着风花雪月的故事，眷顾着残影思绪的离魂，飘了开去，散了开去，逝于尘土，落入心房……

几度看叶萧去，阡陌尘缘，谁似容若那般憔悴。每当读到他凄婉精致的字字珠玑，就像突然的一阵沁香，从心而过。

无须问他为谁香，他只是乘风而来，即使乘风而来，也必将御风而去。他不是庚郎，却何事还让他伤心早？他本多福，却总何以孤苦？他的生命中，总是有一个接一个的女子向他走来……

康熙十九年，又一个女子走进了他的人生，他注定是要与世间女子恩怨缠绵一生的。他有尊贵的身份，他是华丽的公子，他是出尘的才子……种种光环在他身上已经压了很久，如果他可以选择，或许他还是愿意做一介布衣，藏之名山。

然而，世事不允许他有这样的选择，他是纳兰明珠的长子，他身上流淌的是叶赫那拉氏的血液。传承家族是他的责任，也是他的历史使命，不管他愿不愿意。

大的家庭便要有大家族的气场，纳兰明珠是不允许他就这样一直"萧条"下去的。在明珠的眼里，即便他有可以泣哭鬼神的文字，也都抵不过家族的兴旺。这也是名门的悲哀。

父母又一次为容若做了主，要为他续弦，他又一次步入婚姻的殿堂。在卢氏离去三年后，他续娶了官氏。

官氏，一个豪门之女，她便是清初名将图赖的孙女。图赖，瓜尔佳氏，满族八大姓之一。在汉族人民的记忆里，图赖是一个血腥的名字，在大清的历史中，他便是满族人民的英雄。他大败李自成麾下大将刘宗敏，扬州斩杀史可法，生擒福王朱由崧，这些都是他为大清立下的赫赫战功。图赖家族的显赫，不是他一个人在显赫。

清太祖努尔哈赤骑兵争雄不久，图赖的祖父苏完部长索尔果即率部属五百户归顺，成为了努尔哈赤依赖的重要力量。太祖努尔哈赤将其孙女许配给了索尔果之子费英东。

费英东是图赖的生父，他是满人的"万人敌"，是努尔哈赤的"五大臣"之一。官氏就出生在这样显赫的家庭里，可以说是"世代簪缨"，她是真正的豪门之女，尊贵显达。也正是这样追求身份的平等，这样的门当户对，明珠无疑会选择她。

当容若怀着漠然的态度迎来了这位名门之女，他又开始有一些惶恐不安。他开始担心这样的官宦之家的女子，娇生惯养之女，还能像卢氏那样吗？还会不会和他相敬如宾，感情融洽？

或许容若的猜测是对的，本是天之骄女的官氏，不似卢氏的温柔纤纤，不似卢氏的安静祥和，体贴入微。

官氏带着几分霸气，几分任性，容若有了几分的失望，他开始更加思念卢氏。他和官氏之间没有了与卢氏那般刻骨铭心的爱。

一样形如弯月的蛾眉，然而，在容若虚空的心里已经装不下了，他道出

"下弦不似初弦好"的感慨。

在古代，人们都以"续弦"来指代续妻，在容若心里，真的就是下弦的残缺永远也比不过初弦的圆满吗？

或许只是思意在作祟，倒不是真的官氏不好，只是他的心里已经装下了一个卢氏，便没有了官氏安居的地方。

月满则亏，情满则溢。官氏虽没有卢氏那样的才华，也读不懂容若那些凄凉的诗句，但她懂容若，她知道容若心中深爱着卢氏，一直没有改变。

她也并非一个泼妇，她和其他女子一样，善良，顺从，同样全心全意，同样渴望一种呵护。

在爱情的世界里，没有人愿意枕着一个躯壳独自成眠。她试图学着卢氏，为他整理书房，为他煮茶斟酒，并体贴地照顾容若的两个小儿子，和颜氏也是和睦相处。然而，容若的爱情，却没有留一分给她。

容若本是情种，但也并非情圣。只是在那个千万年之中，没有多一秒，也没有晚一秒，正好与他四目相对的是卢氏而不是官氏而已。

所以，在爱情的纷扰中，她只得看容若苦苦思量，一个个上弦之夜，一个个下弦之夜……

她是伤心的，然而，月空对残月的容若更是伤心的。

下弦月落，他看尽了人世几番离合，美人迟暮。每当他凝望着那一弯新月，总会浮现"巧笑倩兮，美目盼兮"，皎若明月舒其光的女子。只是如今，风华绝代的美丽，化作一卷香尘，开卷是情，掩卷是情。

伊人朱颜已改，流年都成旧时。花好月圆于容若如随风的花香，赶也赶不走，留也留不住……一句长空的呐喊回荡在容若的耳边。

月本无情，然人有情。只因人有情，才有了"举杯邀明月，对影成三人"的寂寞。只因人有情，才有了"江畔何人初见月，江月何年初照人？人生代代无穷已，江月年年只相似。不知江月待何人，但见长江送流水"的月人相应。

那是太白的苍凉，那是若虚的哀叹，更是容若的心声。是巧合，也是必然。

他依然思量着，清月如昨，奈何人事转眼已非。在那个远离霓虹的隔空时代，他只能用孤独枕着皎洁如伊人容颜的明月，让鬓角流年的暗香，透过寒纱作帘的窗，只能与寒月相伴流年。

只是空剩当时月，月也异当时。月成了他唯一的陪伴，也成了他心中永远的劫。

　　辛苦最怜天上月，一昔如环，昔昔长如玦。若似月轮终皎洁，不辞冰雪为卿热。无奈钟情容易绝，燕子依然，软踏帘钩说。唱罢秋坟愁未歇，春丛认取双栖蝶。

——《蝶恋花》

当容若噙着泪水在房间里写下这首词的时候，一旁的官氏也顿时沉默不语了！

她遥望着天上的宫阙，几度婵娟，她知道容若心里对卢氏是一种怎样的大爱，她已经无法走进他心里的那个位置了。

那一晚，容若久久不能入眠，那三千烦恼丝又跳上了他的心头；那一夜，夜色把他房间里照得通明。他想起了关于明月的一切悲、欢、离、合……

是薛涛"魄依钩样小，扇逐汉机团。细影将圆质，人间几处看"。是李义山"青女素娥俱耐冷，月中霜里斗婵娟"。是李后主"春花秋月何时了，往事知多少"。更是东坡"但愿人长久，千里共婵娟"。千里婵娟的梦是那么美好，但那只是但愿，一种奢望。一夕如环，昔昔都成玦，如何又能千里婵娟？等了千年，却只有一日的月满，那残缺的日子里，将用怎样的心绪才能将它填满。

他默默地向上苍倾述着，如果能让月亮夜夜圆满，那尘世素白的红尘，哪有悲怜的离苦。

只是月亮终无言，它只是静静地照亮人世间的每一个悲凉的角落，也照亮了万千像容若一样的人间惆怅客的心。

"衔恨愿为天上月，年年犹得向郎圆。"

"若是月轮终皎洁，不辞冰雪为卿热。"

他的心灵突然羽化升仙，心中像被一道久违的霞光照亮，他又想到了那个美丽凄婉的爱情故事，那个和他一样的痴情男子——荀奉倩。

有一年，在一个大雪纷飞的寒冬腊月，荀奉倩的妻子身染重病，高烧不退，身子滚烫如火烧一般。他万分焦急，情急之下，他脱掉衣服，赤身跑到庭院里，让风雪冰冻自己的身体，然后再回来拥抱妻子，为她降温。

如是者不知多少次，他不停地在庭院与房间来回跑动着。只是上天并没有因此而感动，他的妻子最后还是离他而去。不久后，荀奉倩也身染重病，随妻子而去。

都是这样悲伤的结局。

容若发着如雪的誓言，要不畏"辛苦"，"不辞冰雪"去到爱人的身畔，以自己的身躯热血"为卿热"。

只是无奈天路难通，一个天上，一个人间。当遐想烟消云散之后，他只剩对往事的追忆和物在人亡的沉痛感慨，只是他还不甘心这样凄凉到底。他深切地说道："在你坟前我悲歌当哭，唱罢了挽歌，悲哀还不得解脱，我只有明春到此来认一认，花丛中可有一双栖香正稳的蝴蝶？"他的想象继续飞腾起来，对着秋坟，眼泪落尽，悲歌已唱完，如果真能化蝶，到明年，春光如海的万花丛中有对双栖蝶，那就是他们相爱的见证。

他太过至情，哪里顾及官氏的心。爱情的天平没有公平，没有等价交换，正如那句："你爱他爱到生死相许，他却漠然不知。"只是容若的激情与爱情早已随着卢氏的亡故而逝去，如今的他对爱的心，更像一潭泛不起波澜的死水。

　　或许这正成了他一生的悲剧，追念着逝去的伊人，冷落了不该冷落的人……

　　他自责，死水般的无情。他自嘲，曾经迷乱多情。人到情多情转薄，而今真个悔多情。他给了官氏一个最简单却又最深刻的回答……

北巡：行一程山，行一程水

长相思

山一程，水一程，身向榆关那畔行，夜深千帐灯。

风一更，雪一更，聒碎乡心梦不成，故园无此声。

他是皇帝的侍从，也是皇帝的亲信，他随辇出巡，宦游南北中。一次次的出巡少不了旧迹寻踪，追怀伤古。他是感情饱满之人，不同的景便给他带来不同的感慨。

康熙二十年，他又一次出巡，一路走永陵、福陵、昭陵，最后出了山海关。

行一程山，行一程水。他们来到了北国寂寥的雪原。他再一次见到了塞外呼啸的寒风和鹅毛般纷飞的大雪。这是雄浑的北国风光，这里也是他们民族崛起的地方。

当年这里是一片远古的战场。女真族在这里统一平定东北，努尔哈赤在这里创下千古伟业。曾经是拼命的厮杀，疯狂的争夺，也给后世留下了无尽的心灵创伤。

他情怀怆楚，他看到的不再是京城的软红千丈，不再是熙熙攘攘的人潮来往，只是一望无际的雪野荒原，只有刻骨阵阵的呼啸寒风。

经过了一天的行进，傍晚时节，浩浩荡荡的队伍终于安营扎寨。无尽的营帐连绵，像一条卧于苍穹之中的长龙，一眼望不到尽头，只是这样的恢宏气派在容若的眼睛里显得有几分凄凉。

到了夜晚，用过晚饭之后，他不得不穿上盔甲，拿上兵器，到营帐外巡视守卫的情况。因为，这是侍卫不能马虎的工作。帐外风雪交加，寒冽的冷风吹着呼啸的大雪无情地打在他的脸上。一片漆黑的夜空中，连绵不绝的帐内昏黄的灯光透过了营帐的幕布，闪烁着微黄，就像天空中千点闪亮的星星。

一程山，一程水，他们都已经走过，千里的行程，万种所见，山水之后换来了荒芜，换来了风雪。

他巡视归来，躺在冰凉的床上，却久久不能入眠，夜已经深了，外边的风雪依然交加。他听着帐外的风声和落雪叩地的声音，数着远处传来的打更声音，一更，又过一更……

夜，拉长的荒原，深邃到让人害怕。夜，拉长的灯影，孤独到了天际。夜，拉长的风雪，声声绞碎着乡梦。夜，拉长的相思，一直到了天明。

在这样冲风冒雪的征程中，最忆的还是家的温暖。他是本该在京城里和故人们一起再游山水，再唱诗赋，编撰词集，温暖得让人陶醉。

而此时，却只能风雪做伴，听着帐外的风雪声而思念着家乡的亲人。

那山，那水，那夜，那灯，那风雪……它们已经变得不再是纯粹的自然景物了，而是一种浓浓的相思。

那一程又一程的山，只是他一重又一重的愁。那一程又一程的水，只是他流不尽的沉痛与忧愁。

他只是任纵沉溺于至情至性，不是没有抱负，只是他厌恶了官场的蝇营狗苟。他一腔的真情仿若千尺山崖的急瀑，一任其飞流倾泻而下，绝无任何堤岸的束缚，更无造作的矫情。他只是将深情自然化作碧潭，缓流世间，化为动人心弦的清溪。他只是到了"出乎其外，入乎其内"的境界。

出乎其外，故能观之；入乎其内，故有生气。

文人的心绪都总是千变万化，在风霜雨雪中，在古往与今来，在知己与爱恋，在历史与个人……

所以他写道：

> 堠雪翻鸦，河冰跃马，惊风吹度龙堆。阴磷夜泣，此景总堪悲。待向中宵起舞，无人处、那有村鸡。只应是，金笳暗拍，一样泪沾衣。
>
> 须知今古事，棋枰胜负，翻覆如斯。叹纷纷蛮触，回首成非。剩得几行青史，斜阳下、断碣残碑。年华共，混同江水，流去几时回。

每个人生来就有历史使命，就背负着历史的重债，只是有个千秋罢了。有的人一生思报国，终报国无门，或是终究无望。而容若，本要效仿东晋的祖逖，中夜闻鸡起舞；只是万里荒原，哪里有村鸡，致使一片报国情怀，也无由实现。他暗暗地吹起金笳，同样令人悲不自胜，涕泪沾衣。鸦飞雪上，马跃冰河，惊风掠地，亡灵哭泣，"一将功成万骨枯"。

这些残酷的画面，致使他狠不下这样残酷嗜血的心。"堠"是战争中留下来瞭望敌情的土堆。"龙堆"在西域，遍指古战场。容若在兴亡的虚幻中感慨着人生之悲，古今兴亡有如棋盘翻覆，蛮触争雄，无论胜负，都转眼成空，都只是人生空幻，留下的不过是断碑残碣上的几行稀疏的记载。

他的这次出巡，还经过了两个地方，松花江畔的大小兀喇和辽宁开原的龙潭口。

那是离容若故居不远的地方，他的先世是海西女真叶赫部，后来被努尔哈赤统率的建州女真部所剿灭。

历史总是这样无情地催灭着一些无辜的生命。

容若的曾祖父金台什是叶赫部的首领，他拒绝投降，纵火自焚未果，后被努尔哈赤下令绞死。

真是命运弄人，六十多年后，金台什的后代扈从着努尔哈赤的后代来到了这个历史伤心的故地。纵使往昔的部族之争的兴亡之恨已经淡漠了，那伴着刀光剑影，充满血腥的残酷家族史依然令他触目惊心，不寒而栗。

历史总有他数不完的伤痛。还有他外祖父家的朝荣夕卒，盛衰相循。一生功勋卓著的英亲王阿济格，出生入死，位高权重，到头来还是被顺治皇帝敕令自尽，子孙夺去爵位，消除宗籍。人生就是那样潮起潮落，浮名空幻。一番腥风血雨，刮得月落星沉，转眼间，富贵即成梦幻。

正是这如此种种，让容若丧失了对高官显达的念想，也正是由此种种，他变成了人间惆怅客。于是，在这冰天雪地，他开始追忆着他走过的人生。

残雪凝辉冷画屏。《落梅》横笛已三更。更无人处月胧明。

我是人间惆怅客，知君何事泪纵横。断肠声里忆平生。

又是一个三更天里，帐外的风雪已经没有前两天大了。他空对清辉映照的画屏，只是他已经无人可画，他静静地思量着，思量着卢氏，思量着京城的好友，更思量着那段千变万化的人生。他是人间惆怅客，总会因飞花落泪，因雪落泪，因远离朋友而落泪，因丧妻之痛而落泪，因惨淡的人生而落泪，因世间的种种而落泪。

当情到了哀伤至极，往往不只是一种情，万念皆是情，万物皆是伤。当我读到这首词的时候，自然想到的是他在思妻。直到有一天，我读到了另一首词：

昨夜寒蛩不住鸣。惊回千里梦，已三更。起来独自绕阶行。人悄悄，帘外月胧明。

白首为功名。旧山松竹老，阻归程。欲将心事付瑶琴。知音少，弦断有谁听？

读罢这首词才知，容若何止是在思念亡妻，他更是在做人生的喟叹。这首词是岳飞的《小重山》，然而，岳飞似乎不是容若那样的多情人，

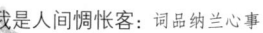

或者说他的情都给了祖国。

白首功名的岳飞，也依然会在三更月胧之时，独自绕阶而行，看似是在思家，实则在期盼早日收复河山。一腔报国之情，却也这般缠绵悱恻。

"三十功名尘与土，八千里路云和月"的豪情也能转化成凄婉寂寞的意境，此时的容若和他竟是这般相像。

岳飞是悲剧的，宋朝的衰落不是他一个人便可拯救的，不是所有的宋臣都像他一样精忠报国，所以，当他"一日奉十二道金"饮恨退兵时，也只有无奈地感慨一句："十年之功，废于一旦。"

他的老家河南已经沦陷，即使想归家也无家可归，这样报国无望的心事，就算是弹断了琴弦又有谁能听懂？容若又何尝不是这样的心思，他在断肠声里追忆着平生，感慨世事。

功名利禄皆有不堪回首的沉痛，如散漫于天空的飘雪，落地而化，最终只不过都是黄土三尺，光辉的墓碑也只是世事云烟的祭台。人生如虚幻梦境，只因梦太美，才让人满心惆怅，不知如何取舍，最终都变成了红尘过客。

他虽不求功名，却依然在官场滚打，不是真想做官，他只是在诠释着他做人的心志。在《康熙秘史》中有这样一段深刻的台词，那是容若在临死前说给康熙皇帝的:

奴才这一辈子最大的福分，莫过于结识了皇上。而最大的不幸，也正在于此。我生为奴才，却从不想做奴才，心里一直在和皇上争高低。这高低不是君臣名位，而是为人的心志。如今，就要分手了，我虽不愿意讲出一个输字，但却不能不说，我以皇上为荣，因为此生陪伴的，是一位恩泽天下的圣君。

容若一生都在挣扎，却始终也没挣脱出那个樊笼。他的清高与骨气让他的仕途终究也只是一个侍卫。或许这也正是他的幸运，不然他会不会也

像阿济格那样身败名裂，会不会也像岳飞一样暴尸风波亭？人间还会不会

有这样一位绝世才子？

第七章

负成殇：十年踪迹十年心

初逢：枇杷花下校书人

浣溪沙

欲问江梅瘦几分，只看愁损翠罗裙。麝篝衾冷惜馀熏。

可奈暮寒长倚竹，便教春好不开门。枇杷花下校书人。

乌程水乡，阡陌纵横。乌衣巷的尽头，一座古朴幽宅环了九曲栏杆，粉墙黛瓦揽尽九曲玲珑。

我曾经无数次从梦境中走进江南，去寻找一份百年前的爱恋，踏上湿漉漉的青石板，还留有前夜的那场杏花雨。微微湿润的空气里仿佛已经洗去了千年辗转的风尘，看不清小巷的尽头，只留下一路湿润的花香。那里本与寂寞无关，那里本与爱情无关，它只是一个温柔之乡，旖旎之地。

江南的烟花三月，雨巷花开，桨声灯影，荷叶田田……品着江南，吟着江南，落花里念一句江南，它便让人口齿生津，唇齿留香。这里是成就爱情的圣地，也是葬送爱情的墓地，有人在这里快乐，有人在这里断肠。

漫溯浩渺的烟海尘雾里，他的身影又翩然在了江南旖旎的风光里。是宿命，是约定，还是心底一种冥冥的召唤？是不是前世的爱遗落在了江南，若不然，为什么他的寂寞总与江南有染？

江南好，建业旧长安。紫盖忽临双鹢渡，翠华争拥六龙看。雄丽却高寒。

江南好，城阙尚嵯峨。故物陵前惟石马，遗踪陌上有铜驼。玉树夜深歌。

江南好，怀古意谁传。燕子矶头红蓼月，乌衣巷口绿杨烟。风景忆当年。

江南好，虎阜晚秋天。山水总归诗格秀，笙箫恰称语音圆。谁在木兰船。

江南好，真个到梁溪。一幅云林高士画，数行泉石故人题。还似梦游非。

江南好，水是二泉清。味永出山那得浊，名高有锡更谁争。何必让中泠。

江南好，佳丽数维扬。自是琼花偏得月，那应金粉不兼香。谁与话清凉。

江南好，铁瓮古南徐。立马江山千里目，射蛟风雨百灵趋。北顾更踟蹰。

江南好，一片妙高云。砚北峰峦米外史，屏间楼阁李将军。金碧矗斜曛。

江南好，何处异京华。香散翠帘多在水，绿残红叶胜于花。无事避风沙。

满怀心事的江南，默数着他不眠的幽怨，沉思不语。当容若写下这十首《忆江南》时，心中带着的是怎样的眷恋？是什么让他如此牵绊？

一个地名，一种花草，甚至是一场雨，往往都会触动心里不可触碰的地方。

梦江南，只因为那里住着一个人，一个足可以淋湿整个季节的人。她是容若生命中的另一个女子，卢氏死后，真正走进他心里的女子。她，叫沈宛，字御蝉，一个美到让人心碎的名字。

"蝉"是冷艳的，是悲怜的，更是短暂的，据说蝉只能活七日，当它唱尽所有的悲歌后，便会离开尘世，它的生命几乎比它的蝉翼还薄。

三国时候有一位倾国倾城的女子，叫貂蝉。只是绝世美貌似乎都要付出一些惨痛的代价，貂蝉一生是孤苦的。她像一朵飘零的花朵，因为政治，她先嫁给了乱臣董卓。董卓死后，便跟随着一代英杰吕布，自古美女配英雄，她本是高兴的。然而，天不遂人愿，吕布被曹操剿灭，最终她也死于非命，桃花就此凋零。

貂蝉不觉得自己倾国倾城，她也不希望自己倾国倾城，她只求一生得一知音足矣。

谢章铤的《赌棋山庄词话》中这样记载了沈宛，"容若妇沈宛，字御蝉，浙江乌程人，著有《选梦词》。述庵词综不及选。菩萨蛮云：'雁书蝶梦皆成杳。月户云窗人悄悄。记得画楼东。归骢系月中。醒来灯未灭。心事和谁说。只有旧罗裳。偷沾泪两行。'丰神不减夫婿，奉倩神伤，亦固其所。"

沈宛是江南才女，丰神不减夫婿，更有《选梦词》著世，她和容若可谓是才子佳人。

或许才子佳人的出世都应该有些神秘色彩，史实中并没有关于沈宛身世的记载。

在《康熙秘史》中，沈宛一身傲骨，清纯天真，她的真实身份是前朝名将沈均之女。在鳌拜平定江南的时候，将其打败，但鳌拜十分欣赏沈均的骨气，便收养了他的女儿，给她起名青格尔。

她虽长在权臣鳌拜家，却一生坎坷，鳌拜临死前说出了她的身世，她虽与钟汉良饰的纳兰容若两情相悦，但由于尘世种种，她不得不离开，从此音信全无。

后来，容若随皇帝南巡，终又在一座沈家别院重逢，他们终于走在了一起。只是世事难料，容若不久便永离尘世，从此阴阳相隔，她又开始了孤苦的漂泊生活。

爱情的凄美从来不会凄美一个人，而是两颗心，甚至千万颗心。沈宛

是一种凄美，容若是另一种凄美。

时间到了康熙二十三年，三十岁的容若更是沧桑巨变，青丝中已经多了几根白发。

他已经不是三等侍卫，在这七年的侍卫生涯中，他已经从三等侍卫升到了一等侍卫。只怕，他觉得这是一种讽刺，更觉可笑。

只是他不关心这些，这些在他生活中只是流云，只是逝水。他只管日日伴着黄卷古书，诗词美文。

就在这一年的九月，正是金秋之时，顾贞观从江南回到了京城。只是这次还有一个人和顾贞观一起来到了京城。

那个人便是容若给顾贞观信中说到的"天海风涛之人"——江南才女沈宛。

她虽算不上是绝色女子，但她充满了灵气，似乎把江南所有美丽风光与气节集结于一身。

她似乎带来了江南的烟雨四月，她安静如诗，举手投足间如一首婉约的词。容若似乎不能用语言来描述这样的容貌。

然而，那是一个"女子无才便是德"的时代，诗词于女子只会贻笑大方，那些自命大方之家的人士是不会结交这样的风尘女子的，即使她们的才华横溢到可以让所有的才子都惊羡的地步。只是依然没有多少人会去品味，只会当作是一些小笔小作。

由此，古人才不屑地道上一句："侠义每多屠狗辈，由来侠女出风尘。"风尘侠女是受文人鄙夷的，只是历史往往会对她们网开一面，即使正史没有只言片语，野史还会为她们记上一笔。千百年后，我们还可以读到那些惊艳的诗句，传奇的人生。

就如人们耳熟能详的"秦淮八艳"，不管是吴梅村笔下"恸哭六军俱缟素，冲冠一怒为红颜"的陈圆圆，还是风骨崚嶒的柳如是，艳艳风尘的董小宛，还是侠肝义胆的李香君，侠骨芳心的顾横波，长斋绣佛的卞玉京，还是钱谦益眼里"今日秦淮总相值"的寇白门。

当时的她们都不被正视的眼光看待, 有的顶多只是对她们的一句叹息, 或是一点悲怜。

然而容若是超世的才子, 没有世俗眼光的限制, 没有红尘与世俗的界限, 只有心与心的距离。在他的眼里, 德便是才, 才便是德。

她虽是"枇杷花下校书人", 但这依然是一场撑着油纸伞在江南烟雨里修了千年的缘分。

只有爱到了极致, 才不会理会世俗的名正言顺, 两个出世的才子, 只有出世的爱恋, 没有出世的侠女……

"校书人", 是唐代薛涛的典故。

薛涛, 一个风尘中的侠女, 字洪度, 著名女诗人。如果真是"女子无才便是德"的话, 那薛涛就是"无德"到了极致。

她与李冶、鱼玄机、刘采春齐名, 或许, 她也是天生就注定"无德"的, 她才貌双绝, 八岁能诗文, 十六岁入乐籍。

诗人王建在《寄蜀中薛涛校书》中赞她: "万里桥边女校书, 枇杷花里闭门居。扫眉才子知多少, 管领春风总不如。"

薛涛与诗人权贵皆有来往, 凭借其歌伎及门客的身份出入幕府。是时, 韦皋闻其才名, 他竟不顾朝廷旧历, 上奏为薛涛请官。韦皋为她请的官职正是秘书省校书郎。

只是男尊女卑的思想早已深入人心, 校书郎从未有女人担任过, 只怕做官的女子也是寥寥无几。

韦皋的奏请自然没能得到批准, 但此事仍被传为了佳话。自此以后, 人们便称薛涛为"女校书", 后来, "校书"也由此成了歌伎的雅称。

薛涛后来隐居浣花溪, 她自取木芙蓉为饵料, 以芙蓉花汁水浸染后, 制成了举世闻名的"薛涛笺"。文人墨客们往往也会为求得薛涛亲手做的"薛涛笺"而煞费苦心。

沈宛与薛涛颇有几分相似, 俗世与真情让她与容若相遇, 注定一场红尘爱恋。

他们终于相见，在看尽江南烟雨后，在走过二十四桥月夜时，在红尘尽头里……

你是我的眼：多情自古原多病

虞美人

黄昏又听城头角，病起心情恶。药炉初沸短檠青，无那残香半缕、恼多情。

多情自古原多病，清镜怜清影。一声弹指泪如丝，央及东风休遣、玉人知。

烟雨之中晃动着枝头一枚枚不老的青梅，堆积成愁的寒柳让他瘦比西子。在他最瘦弱的时候，她走进了他如烟如雾的清愁中，走进了他琴曲声声的韵脚里。

容若从不曾想过，卢氏走后还有哪个女子能真正走进他的心，他也从来没有奢求过还能有一段像和卢氏或表妹在一起时那样的生活。

只是在他遇见沈宛之后，这样的绝望渐渐开始消失。他重新找到了一些生活的乐趣。

这是一种久违的感觉。沈宛和卢氏有相似之处，她们的内心是同样的柔软敏感。然而，他无法给沈宛一个名正言顺的名分，因为沈宛身份的原因，她不能进入明珠府。这也是名门贵族在爱情里的悲剧。

何况清朝的掌权者已经有了很明确的规定，满汉是不能通婚的，这是一个祖宗定下的规矩，无从更改。因为，在满族人的眼里，汉人文化皆是腐儒，汉人的仁义道德更是虚无的，更是一种金玉般的摆设。

容若也了解他的父亲是一个什么样的人，他一次次想跟家人说明，但却始终没有敢开口。

他只得把沈宛安置在了西郊的一所别院里。那是个清灵秀美的地方，正适合沈宛这样的女子居住，沈宛是充满灵气的女子，她和卢氏不同。

相比卢氏的温婉贤淑，沈宛更是知书达理，才学更令人称叹。卢氏虽有几分才学，但和沈宛相比，却不是在一个层次上的。

她气质沉静，带着一种出淤泥而不染的干净气息。也由此，她和容若不仅心心相印，更是才气相惜。

他们小心翼翼，如同冬日的寒鸦一般，寒战地紧紧相依。只是他们相聚的时间也不会太多，因为，容若是皇帝的侍卫，但她很理解。

她总会穿着一身颜色淡雅的衣服，略施粉黛，然后，在庭院的门口寂寞而又期盼地等待着，等待着那个多情多病的公子。

时间无情地流动着。沈宛在京城别院居住的日子里，不知从何时起，她渐渐发现，身边的容若开始面带愁容，总会黯然神伤。

他开始时常一个人静静地坐在窗边，看着吹落的黄叶，看着雨滴一滴滴无情地打着树叶，潇潇地落在檐下的石板上，

他孤零的身影，像是忧伤做成的模型，一阵风吹过，带动着叶子的嘶叫声，像是也在为他吟唱了一首孤独的曲子。

他已经有了知己的陪伴，却还是这样落寞。他似乎不再关心身边这个翘首盼望的伊人，忘了她的声音，忘了她的身影……

沈宛有时候忍不住，她想要去问问他为何还是这般模样，问问他还在为谁而叹息？但她一次次都没问出口。

他们都是一样精通诗词的文人，他们同样容易多愁善感，同样会伤春悲秋，这或许也是古今文人共同的特质。

这样，以诗词闻名的沈宛又怎能猜不到容若的心呢。她只是不多嘴，她也不会无礼地追问。因为，她知道，容若心中念念不忘的正是那位因难

产而离去的卢氏。

那个早逝女子的身影，究竟给他怎样的爱恋，才有了这样的刻骨铭心。

沈宛也本是个知性之人，她想帮他抚平那心中的忧伤，去安慰他内心深处的寂寞。

她在努力经营着他们的未来，她做着她能做的一切，为他洗手做汤羹，为他抚琴吟唱，为他执灯帐间……

她就这样默默地呵护着，她企望能守到一份心甘情愿的长久。

本来就是才子佳人，那么般配的两个词，真的发生在了他们的身上，似是千年等到了尽头，似是走遍了万水千山，终于等来的明天。

但对容若来说，曾经的激情都随着卢氏一起烟消云散，那曾经刻骨铭心的爱情已经让他的内心深锁。

他还能给予沈宛什么？他又何尝不懂沈宛的心。他的心在胡乱地纠打着……他常常站在院子里，静静地体会树叶划过他身边的声音。他拾起一片树叶，放在手心，细细地看着它老去的模样，如此沧桑。

他双手微微合拢，叶子便粉碎在了掌心，它已经没有了春雨绵绵时的坚韧，也没有初绿时被树的挽留。它已经被时间遗忘，被树枝遗弃。

容若心中阵阵不安，他似乎感觉到了什么，突然一阵凉意袭上心头。身后传来了轻轻的脚步声，容若蓦然回过头，是沈宛，她手中正端着一碗刚熬好的羹汤。还是一如既往的温柔的微笑。

容若回过神来，被时间遗忘，被树枝遗弃的不正是他眼前这位温润如玉的女子吗？她依然还是那样静好，没有一点怨言，或许不是没有，只是不想说出口罢了。

沈宛太懂爱了，太懂容若的心了，她只默默地保护着他的心灵。这或许就是真爱的境界，真爱的境界不是海誓山盟，不是甜言蜜语，而是明知心爱的人深爱着别人，却还依然默默守候在他身边。

容若不该这样消沉下去了，他该回首眼前，更应怜取眼前人。红颜知己，高山流水，世上还有几人能有这样的相遇。他也是爱着沈宛的，只是一度的多情让他纠缠于心，时时忘却当下的美好。他们又回到了初逢时的喜悦，回到属于他们的幸福生活。

那一日，她为琴，他为瑟，谱写一曲情动天人的人间天籁，续一场琴瑟和鸣的传奇。那一日，她为白云，他为清风，缱绻万千，看云卷云舒随风起舞，柔情百转在和风细雨里缠绵。这是一场美丽的相遇，她是唯一的解释。

别人只是看见莲花盛开的美丽，而她却看见了美艳背后莲的心事，她重新开启了他的心扉，给了他又一个世界。让他浸满泪水的苦涩莲心，再一次润湿在蜜糖调制的池水里。

容若开始越发疼惜沈宛了，空闲的时间都陪在了沈宛的身边。他没有顾及家中的官氏与颜氏。倒不是他与官氏和颜氏的感情不好，只是她们似乎都不懂容若的心，在思想上没有合奏共鸣的弦。

家庭安排的婚姻虽然已算是完满，只是他更需要金风玉露的相逢，而沈宛就正是他想要的金风，需要的玉露。

然而，他却始终没有能给沈宛一个名分，身居别院的沈宛，就像一只俏丽的鸟被禁锢在了笼中。他时常也是公务在身，她便时时独守空房，甚至他不能在寒夜里送去一个温暖的问候。

她的羽翼太过美丽，让他不忍看她过着牢笼般的日子。她成日守在寂寥清冷的庭院里，让他觉得自己成了一个罪孽的猎人。他不知道该如何来疼爱她。他想日日守候，只是公务给了他最大的障碍。他想接她入府中，家族规矩和世俗眼光便成了一道不可逾越的鸿沟。

他在沉痛中也深感无奈，他日日消磨着他脆弱的身体，心始终没有一点轻松的迹象。他就是这样爱入骨髓的公子。他似乎都要萎靡了，他消瘦不堪，他病危连连。他说："多情自古原多病。"

他的病是身体的病，也是心灵的病。

他多情，却又对每一个生命中的女子都那样深情，不知所起，只一往而深。那样的多情与深情都转为不堪治愈的病。

爱一次，病一种……

情一深，加一重……

零落鸳鸯: 此情已自成追忆

采桑子

谢家庭院残更立，燕宿雕梁。月度银墙，不辨花丛那辨香？

此情已自成追忆，零落鸳鸯。雨歇微凉，十一年前梦一场。

在一个暖日初融的午后，我踏着清脆的鸟鸣声，桃面柳风，在这喧闹的季节里，却突然间陷入了沉思。细细地读着这首《采桑子》，我看见了他寂寞的眼神。光是"追忆"二字就让我心痛不已。

究竟是什么样的原因，让这样相遇而又相惜的人最终都逃不过离别的劫难，我不禁想问。

容若与沈宛经历了半年的相知相惜生活后，沈宛还是离开了，回到了最初的江南。有人说是政治，容若是权相明珠之子，也是举国闻名的才子，更是皇帝身边的　名侍卫，身系保护国家至高无上的皇帝的责任，他需要　个完全清白的身份。

试想，皇帝的贴身侍卫都与红尘女子混迹在一起，那皇颜何在？九五之尊的尊又何在？更重要的是还有祖宗的白纸黑字。

封建的等级制度本就是横在尘世真爱间的一把利剑。何况他们还面对着一个精明强悍的政客——纳兰明珠，或许，在明珠的眼里，容若是不成气候的，更有甚者，他就是个逆子。容若没有在仕途上和他一样一路高升而权倾朝野，在爱情里更是一塌糊涂。

都说知子莫若父，这只是这位父亲有些例外。所以他在多年后仍然会有那样的叹息："这孩子他什么都有了啊，为什么会这样不快活？"

在政治的斗争中，明珠激流勇进，他是成功的，所以，他不会让任何潜在的因素成为他前进路上的绊脚石。

容若和沈宛就只有无奈地牺牲他们的爱情。在这一场唯美的爱情里，纳兰明珠便扮演了棒打鸳鸯的角色。然而，他们还有自己的原因。

容若本深情，也正因为深情，以致让他更害怕爱情，就像曾经的表妹，曾经的卢氏，这些都是一次次血与泪的经历，都是一个个火烧般疼痛的伤口。

而在他结识沈宛后，他似乎看到了生命中久违的霞光，让他备感欣喜，然而，这霞光太耀眼了，让他深感恐惧，恐惧到不敢再袒露一点心语。

他不想再有这样的痛入心扉的失去，他害怕有一天历史又会重演。他天生的个性使他对于情事总是比别人想得多。这也是深锁他心的魔障。

一个个辗转不眠的夜，他一次又一次被噩梦惊扰醒来，一次次被心结纠葛起来。是一起？不顾一切地一起？是离别？等待下一个归期的离别？

而对于沈宛，她只是在红尘中滚打的女子，锦衣玉食、深居幽院的日子也并不适合她那样心灵超脱尘世的女子。

她只是想要一个简单的家，一个简单到只有两个人，两颗心的家。然而，她想要的，却正好是容若不能给的。就在这一场场反复纠结的情愫中，他最终还是决定送她离开了。

淡淡的伤，哀哀的愁！是解脱，还是一种更深痛的选择？

在一个淫雨霏霏的天气里，她的马车终于驶出了京城的那道高耸的德胜门。驶出那个深深的别院。驶进了一条烟雨朦胧的古道中。驶进了另一个离愁别绪的世界里……

离别的那天，他躲在茫茫的人群中，不敢正眼看她离去的马车，他害怕这样的相视会带来更多的伤痛。他追着马车一路在人群中穿行，他只想

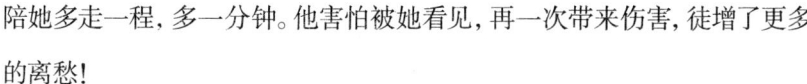

陪她多走一程，多一分钟。他害怕被她看见，再一次带来伤害，徒增了更多的离愁！

然而，她何尝不明白，既然选择了离开，她也不想再改变。

她拉开马车的窗帘，看着一个个陌生的面容，一个一个，在眼前一闪而过，她离开了，离开这个喧嚣的都城，离开这个美丽而凄凉的地方。

她能想象，或许，她的公子就在马车的后边，紧紧跟着，只是他不愿意出来说一声道别，他有他的苦衷。

她终于放下了窗帘，低下头，悄悄地哽咽了，在心里，轻轻地道上一句："珍重，珍重你的身体，珍重你的才华，远方会有一份永远对你的牵挂，珍重，珍重……"

她好像还有很多的话要说，却不知从何说起，不知说上哪一句，最后却只是一个珍重。

马车渐行渐远，终于消失在了古道的尽头，路上只剩下了一缕被马车卷起来的尘土。慢慢扬起，而又慢慢落地……

正如文人说的那样，真正的深情，是隐忍，是大爱无言，是适时的等待和缄默，是彼此的互动和尊重，是那种欲诉还休的惺惺相惜。

他们正是那样沁入心扉的深爱，他们正是红尘没落千年的尘缘。即使爱到了凄凉，依然心相牵绊。

于是，几百年后，有人说："人们一直都在想如何才能获得一种最为持续和长久的温暖，时间如此寂静而默然，而人们却要获取真爱，相伴看着落寞的尘间。于是，那日君留言'世界很大，一路直行，然若你回望，总会看见某人身影'。"

他们已经分别多日，他只是在迷迷糊糊中度过了这些时日，但他也好像走了很久。

一页页泛黄的纸上，那一道道褪色的字迹，却将她的容颜清晰地刻在了那里，他嘴里呢喃着呼了千遍的名字。

在冰冷的夜间，他开始走不出那心间泛滥的寂寞。

　　欹角枕，掩红窗。梦到江南伊家，博山沉水香。渐裙归晚坐思量。轻烟笼翠黛，月茫茫。

　　他脱去长衫，枕一席孤寂。他又梦到了江南。漫溯浩渺的烟波里，二十四桥长明的月夜，还有她博山沉水香的小宅。

　　容若似乎看到了她。她刚洗完衣裙，暮色时分，放下手中的木盆，然后坐在桌边，手中拿一杯斟满的热茶，目光渐渐地呆滞下去，那是一个深情之人才有的表情，她在静静地思量着什么。

　　此时，窗前的一束风铃响起，摇醒了她深思的表情。她回头看着窗外，已是月华朦胧，她才回想起，盆中的衣物还未晾晒。于是，她又执盆来到了月光洒满的庭院，将洗好的衣物一件件晾晒。庭院中轻雾水光的朦胧都是在为她勾画如黛的眉毛。容若美美地在脸庞露出了微笑。

　　不知怎的，一阵寒意又将他惊醒，或许他习惯了孤独，习惯了寂寞，一旦有美好的事物出现在了眼前，便会觉得一切都是虚幻，这不是他真正的生活。

　　他总是被幸福惊醒。原来真的只是一个梦。夜，还是一如既往深沉。那些承载着过去的画面，只是一片片被风吹远的黄叶。

　　若，让夜停止清唱，只留下淡淡的昏黄，是否他的惆怅，会随着夜的静止而宁静下来。若，让回忆停止蔓延，只留下浅浅的余温，是否他的梦魇，会随着记忆的终止而停歇。原来，离去给他带来的并不是解脱，反而是一层束缚。

　　他总在不停地回忆，这样的回忆让他太累。他似乎可以忘记时间的种种，却偏偏忘不了情。他清楚地记得每一个和情相关的细节。

　　他记得，那一天，她舞着轻盈的脚步，涉过流水，涉过红尘世俗，从远方来到了他的身旁。他记得，那一天，她用她的无言，打破了他心中所有的防备……只是时间太仓促了，仓促到等一切都已经荒凉，才知道曾经有过

一段新绿。

曾经是一对世之鸳鸯，只是一切到了现在都已经零落。不是因为心期交错而痛恨，不是因为相望天涯而痛恨。而是追忆如梦，隔了心期，又隔了天涯……

他深恶痛绝："此情已自成追忆，零落鸳鸯，雨歇微凉，十一年前梦一场。"又是一场情深缘浅的错过，又是一场痛断肝肠的追忆。他又回忆起了多年前侯门一入的表妹，多年前香消玉殒的妻子卢氏。黯然转身，万水千山。

那一场场镜花水月的情事，一如夜幕中绽放的一束烟花，刹那的绚烂后，便是长久的寂寥。他注定只能在无尽的浓暗中思忆她的芳华，此生此世，已成追忆。

若是她们都不曾离去，若是一切都停留在最初，若是世间没有了离别……

若是……太多的假设了，太多的假设总会让人惆怅。世间有多少人依靠回忆活着，也因回忆痛苦，或许相逢之日只有一年，可是回忆却占满了十载。而那些留在记忆里的东西，时间隔得越久远，就越发美丽得不可方物。容若如此，世人更如此。

有时候，人们希望他走出来，却又怕他走得太远。他把回忆雕刻成一首首美艳的诗词，句句耀眼，却又句句血迹斑斑。好景只如斯，好景只当时。

当时只道是寻常，寻常风月，寻常欢笑，寻常的一日相守，只是当时已惘然。转瞬间，寻常就变成了抽丝剥茧的疼痛。

"此情可待成追忆，只是当时已惘然。"李商隐也带着饱满的情感和出尘的想象力，道尽了人世无尽的沧桑。他们的诗句不会褪色，回忆亦不变，只是当时的景色已经一去无回，只是唇齿间几多淡淡的无奈，无奈的过去，无奈的悔恨，无奈对眼诉残言。

容若当时浑然不知的，就是当前不堪再回首的。他又像是"十年一觉扬州梦，赢得青楼薄幸名"。只是他的梦太残破，破成飘满天涯的惆怅。

此时的容若像极了那首诗：

不是为了游山玩水，我才泊在这地方；

也不是惦记山下，这一片菜花的黄。

十年的凄苦风雨，到处都是没遮拦，

怕载无情的岁月，才驶进了这港湾。

不必问风光景色，早该画在梦里边；

远近依然是飘着，一片似梦的青烟。

有杂念都该收起，好趁早走上山坡。

料想敲开柴门，迎面有一双笑涡。

那里有美涡相迎，只剩茅檐上挂着一湾五彩的残虹。

徒然的千呼万唤，只空山和你答话。

转眼又是一个黄昏，惆怅充满了天涯。

姻缘绝：一别如斯，落尽梨花月又西

采桑子

而今才道当时错，心绪凄迷，红泪偷垂。满眼春风百事非。

情知此后来无计，强说欢期，一别如斯，落尽梨花月又西。

　　思念是一种天涯，惆怅是一种天涯，后悔又是一种天涯……曾经的种种顾忌，曾经的种种担忧，他都不得不让沈宛独自回到江南，去空守一片伤心的烟雨。他以为就此可以释然，只是分别没有多久，他就开始后悔。然而，世事的选择从来都不是你情我愿的。

　　不是真的不见了，便可以永远不念了；也不是自己想释然了，就真的可以释然了！他忘了还有宿命这回事，他天生的秉性就早已注定了他感情的结局，只是他还茫然不知而已。

　　古人说九州铸成一错，极言错之大，悔之深。可是世间的事情总是如此，等到了百事已非的时候才幡然悔悟。容若开始有做不完的梦，他一次又一次梦入江南烟水路，梦入谢家别院中。

　　这样的梦是一种苦不堪言的痛，直痛入到他的骨髓里。这样的梦让他无法醒来，即使醒来，也还会重新梦入江南。

　　然而，这一个个的梦境，终究还是让他无法与之相会。如那个孤零的晏小山："梦如江南烟水路，行尽江南，不与离人遇。睡里销魂无说处，觉来惆怅销魂误。欲尽此情书尺素，浮雁沉鱼，终了无凭据。却依缓弦歌别绪，断肠移破秦筝柱。"

但他们这一切的梦都碎在愁心漫结的岁月里，哀伤早如漫天飞舞的雪，自他们心空飘落。心境凄迷如烟，等到万事都已成非时，他才悟当时错。

无奈间，他又想起了那对梦断销魂四十年的玉人——陆游、唐婉。他又想到了那曲粉墙奋笔的《钗头凤》。陆游和唐婉本是丽影成双，蝴蝶双飞的眷侣。他们还以家传的凤钗做了信物，成为了悠然的鸳鸯。婚后的喜悦更让他们深深迷醉，只是，陆游也将功名抛到了九霄云外，专心地享受这种情爱弥笃的幸福。只是美丽的爱情之间往往都会出现一道红墙，阻挡着那些过分完满的爱情，而在陆游与唐婉的爱情里，陆母便是他们之间的魔障。

陆游的母亲是一位威严专横的女性，她的思想绝不会只停留在儿子美满的爱情里。她希望儿子是一个可以金榜题名的志士，是一个可以光耀家门的大官。她看着陆游只知迷恋爱情时，她开始有些不满，开始一次次地训斥唐婉。她希望唐婉能以丈夫的科举前途为重，淡薄儿女情长。只是深陷爱情的鸳鸯对于这些责令是无法在意的，他们还是一如既往地欢唱。陆母终于开始痛恨这个不听劝告的儿媳，并相信了妙因大师为她卜的那一卦，"陆游和唐婉八字不合，先是予以误导，终必性命难保。"

她开始了棒打鸳鸯，以母亲的身份强令陆游休了唐婉。

也可怜天下父母心，只是望子成龙的凤愿落在陆游肩上，变成了一生的枷锁与悲叹！尊母，于妻不义；留妻，于母不孝。母爱成了他一个人生的磨难，无情的魔掌终于伸向了这对苦命鸳鸯。功名利禄，世俗虚幻，可畏人言，终是无情摧残爱情的场场风雨。陆游子遂母愿，考取了功名，做了官，只是唐婉也另嫁他人，她嫁给了一个家世显赫的皇族后人——赵士程。

时隔几年后，仕途不顺的陆游回归乡里，此时的陆游已经三十一岁。在一个繁花争艳的晌午，他又故地重游，来到了当初的沈园。那里风景依旧，只是现在人心凄迷。他看着沈园翠绿的新柳，一时百感交集。在园林深处的亭子里，他看到了一个熟悉的身影，正是那位他多年前的妻子，只是早已时过境迁，曾经之妻，已是他人之妻。这时，唐婉也看到了他，彼此相见，默默无言。

她是和丈夫赵士程一起来的，她没有敢说话，只是眼中已经露出了那万情陈杂的神态。陆游也不敢再多看她一眼，他知道，多一眼，伤就会深一点。他正要转身离去……

虽然他们并未说话，但赵士程已经从他们的眼中看出了心事。这或许是天意，久别的重逢，难得的相遇。他叫住了陆游，并让唐婉给他送去一杯水酒。她走到了陆游的面前，她不知该怎么和他说话，这个一脸沧桑的男人，曾经深爱的丈夫。他们就这样无言对望着，彼此心如刀绞，时间停止在这一刻，沈园的风景依然，每一阵风过似乎都在为他们啜泣。

他无奈错过了情缘，却没错过相思。她偷咽泪水装欢，却瞒不住心头刻骨的伤痛。山盟海誓犹在耳畔，却难有所托。他纵然有满腔才华，写不出当初的山盟海誓；她纵然有万千感慨，却寄不出当时的情怀。

他回过神来，他知道如今的唐婉已不是昔日的妻子，面前的伊人就像禁宫的杨柳，已经可望而不可即。他接过唐婉手中的酒杯，一饮而尽。只怕此时这酒的风味已经超越了酒的本质，百味陈杂，是苦，是酸，是涩，也是情，也是怨，也是思，也是怜……心中的情绪交杂而开，于是，他在粉墙上奋笔题下那阕《钗头凤》，然后怅然离去。

唐婉孤零零地站在那里，一字一句地读着那阕词，她终于泣不成声。东风无情地吹着，曾经的欢情被吹得稀薄。这一切究竟是谁的错？

她含着泪，说不出的悲怆也化作了一首《钗头凤》附在了旁边。只是，陆游已经离开。此后，陆游受到了宋孝宗的赏识，开始了平稳的仕途生活，他北上抗金，又转川蜀任职，一去就是几十年的风雨生涯。

只是他没有看到唐婉附的词，唐婉写下这阕词后，回到家中，终日郁郁寡欢，往昔的记忆汹涌而来，感情的烈火煎熬着唐婉，她心有千言万语，都化作泪水，流淌到沈园。她的情愁，如同那满园的草木一般，日夜疯长。

不久后，她便重病不起。

赵士程寻遍名医，却依旧于事无补。心病还得心药医，只怕天下已经没有人能救她了。这个真情真意，情深不寿的女子就突然梦断销魂。愁满心田让她日臻憔悴，抑郁成疾，转眼间红粉成灰，含恨而终。在瑟瑟的寒秋里，她同树上的落叶一起悄悄地随风逝去。

想必，如果不是沈园那一遇，如果不是陆游在墙上题的《钗头凤》，那她就能和赵士程安然到老了。对的时间，对的人，却沦陷在了错误的命运中。命运，最终让他们彼此错过。

四十年后，一个鬓角花白的老人来到了这里，他终于还是回来了，他已经七十五岁了。他抵不过内心的召唤，抵不过深情的思念。

在尘世的几十年的风吹雨打已经让他疲惫不堪了，他想找一个安静的地方，静静地度过最后的年华。他回到了那一片只属于两个人的天地——沈园。

此时的沈园已不是旧样，园主已三易其主，一切的景色比以前艳丽了许多，整个园子的布局也已经全然变了模样，只是再也不如以前那样宁静美丽。然而，那面粉墙却依然保留着原样，只是粉墙上的字迹已经有些模糊，他站在粉墙面前看着自己的那阕词，也看到了旁边柔美的字迹，这时，他不由得老泪纵横。

他不知在他走后，唐婉是何等凄苦，何等悲怜。她的心从不曾变过，只是世情太薄，人情太恶，她把落花般的心事深藏心底。那些凄凉慢慢发酵成了一种饱含毒素的药，一点点毒杀着她的心。

只是她也没有悔恨过，她知道只是缘分太浅，怪不得任何人。曾以为，他们会是一生一世一双人，谁会想到各安天涯，成了生命中的过客，不复归来。

可如今，那个俏丽安静、温婉如玉的女子早已经离去，因他而离去，他又如何能淡然如水？是他没有珍惜，是他背弃了曾经的爱。想到这里，他还

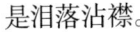

是泪落沾襟。

> 梦断香销四十年，沈园柳老不飞绵。
> 此身行作稽山土，犹吊遗踪一泫然。

——陆游

他已经白发苍苍，时间苍老了年华，但依然没有苍老他心中的深爱。他终究在沈园里写下了故事的终章。他自此以后便住在了沈园附近，"每入城，必登寺眺望，不能胜情"。这是他最后的守望，只为能够和她相隔近一点，走得更近一点，走进那片挚爱的土地，感受她的点点气息。

唐婉，陆游，沈园。两个人，一座别院，深深地写尽了人间的沧桑和美丽……

容若想到这里，深感一种莫名的叹息，他未曾想到，陆游和唐婉演绎的正是他和沈宛的故事；陆游和唐婉的结局也正是他和沈宛的结局。当日的一不经意，辜负的恋情，已成永远的失去。他明明深爱着她，却又不敢大胆地爱，明知道分离会是这样的结果，却依然还要坚持让她离开。

人生有时候看似一种成全，其实就是一把更沉重的枷锁。他成全了父亲明相的地位，不要一点不清白的沾染；他成全了自己，不要多情多爱，只把一个人思念；他成全了沈宛，不要让她感到半点的不公，只因为他觉得自己不能够全心全意地爱她。然而，他却永远深锁在了相思的苦牢，怎么也逃不出。

深锁在了层楼的孤独里，也深锁在江南的炫丽中，更锁住了那个他以为从此就可以安然生活的沈宛。只是他不曾想到，他的相思，亦是沈宛的相思；他的孤独也牵动了沈宛的孤独。沈宛一个人的江南，还能像以前一样过得那样舒适，过得那样洒脱吗？

雁书蝶梦皆杳。月户云窗人悄悄。记得画楼东。归骢系月中。醒来灯未灭。心事和谁说。只有旧罗裳。偷沾泪两行。

——沈宛《菩萨蛮》

惆怅凄凄秋暮天，萧条离别后，已经年。乌丝旧咏细生怜。梦魂飞故国，不能前。无穷幽怨类啼鹃。总教多血泪，亦徒然。枝分连理绝姻缘。独窥天上月、几回圆。

——沈宛《朝玉阶》

在思念的国度里，在水一方的伊人，也会在一瞬间就走到泛滥的边界，容若不曾想到，往事之流水流淌过来的时候，不仅会将他淹没，也会让另一个她无法承受。

沈宛依然还在原地，用心，用情地等待。曾经栽种在对方心里的深情，如同落叶纷纷飘过天空，一叶叶划伤他们的视线。

那种深情总会缠绵不清，它是来自内心的根底，也总不会因为距离的产生而变得淡然。那些今生永远无法再见的人事，只会永远活在心里。所以当她雁书蝶梦皆成杳时，会偷沾两行泪。

她寻寻觅觅到了江南，依然还会寻寻觅觅，只因爱的人不在身边，凄凄惨惨的悲凉，不停地煎熬着。

她总会想到和他曾经的鱼雁来往，曾经的才情相倾，曾经的那一段不伦之恋。她依旧会在每夜站在明月下，看着一片流动的云，便又看到前尘过往，看到曾经的画楼，曾经共读的诗卷……只是这些美丽的画卷都已经被定格在记忆的最深处，越回忆，心就越疼。

离开容若的沈宛并没有像他希望的那样过怡然自得的生活，只是无尽的伤悲，无尽的泪水。枝分连理绝姻缘。独窥天上月，几回圆？他们已经没有了团圆的日子。

如今，人面桃花今非昨，物是人非已成杳。自从与君相别后，满地梨花月又西。这样的一日复一日，天地也变得沉默，只有满地的梨花。

梨花是唯一可以陪伴着他的冗长的思念和悔恨的东西。

深情幽怨的白居易说："玉容寂寞泪阑干，梨花一枝春带雨。"感春伤怀的李贺说："曲水飘香去不归，梨花落尽成秋苑。"无奈的周邦彦说："恨春去，不与人期，弄夜色，空余满地梨花雪。"梨花总是文人寂寞最好的陪伴。

他是早想到会一别如斯的，所以当初才会有"情知此后来无计，强说欢期"的安慰，只是这样的安慰只换回了唯今的"落尽梨花月又西"，正是那"无限愁怀说不得，却道天凉好个秋"的无奈等待。

"而今才道当时错"，一时错，全是错。"心心口口长恨昨，纷飞容易当时错"也正是容若此时悔恨与无奈的交织失落。他在等待一个归期，只是这个归期是永无归期……

第八章

韶华陨：人生若只如初见

一生知己：知我者，梁汾耳

金缕曲·简梁汾

洒尽无端泪，莫因他、琼楼寂寞，误来人世。信道痴儿多厚福，谁遣偏生明慧。就更着、浮名相累。仕宦何妨如断梗，只那将、声影供群吠。天欲问，且休矣。

情深我自拚憔悴。转丁宁、香怜易爇，玉怜轻碎。羡煞软红尘里客，一味醉生梦死。歌与哭、任猜何意。绝塞生还吴季子，算眼前、此外皆闲事。知我者，梁汾耳。

都说容若是个绝世的情痴，绝世的情痴，绝非仅仅是爱情的痴，友情也亦然。如果说江南才女沈宛是他的解语红颜；那么，顾贞观便是他人生的生死知己。

早在康熙十五年，那时已经及第的容若等在家中，只为一纸任命，些有无聊。明珠对此还是有些心忧，与其闲着，不如进一步学习，毕竟学海永无涯。他便为容若请了一位老师，这位老师便是他早有耳闻的顾贞观。那个"落叶满天声似雨，关卿何事不成眠"的"第一飘零词客"。

未见其人，先闻其名，对于容若这样古道热肠的人更是欣喜万分。

古人言："物以类聚，人以群分"，容若和顾贞观就是最绝世的一群，风华绝代的一群。

顾贞观原名华文，字远平，华峰，号梁汾，康熙五年举人，曾以"落叶满天声似雨，关卿何事不成眠"而名惊词坛。

他也是名门之后，其曾祖父乃晚明时期东林党人的领袖顾宪成，实为一代大儒，相信人们至今对他那句"风声雨声读书声，声声入耳；家事国事天下事，事事关心"仍记忆犹新，耳熟能详。

顾贞观与陈维崧，朱彝尊并称明末清初"词家三绝"，同时又与纳兰性德，曹贞吉共享"京华三绝"之美誉。

容若和他才情相绝，实为风华绝代的一群，都是不世的才子，也是"落落难合者"。也正是这些世之落落难合者成就了中国文化的博大精深，成就文字之美，诗词之美。

顾贞观一生仕途不顺，他恃才傲物，也因此而处处受到排挤，他在去官后的很长一段时间，总是闷闷不乐。直到这一年，他结识了容若。

二人一相见，就彼此深知，颇有几分"古路无行客，空山独见君"的共鸣。这是知己初见最简单而又最深刻的方式，无须时日，便已经彼此知心。二人相见恨晚，似高山遇流水，共谱千年曲。

也只有真正的知己才有这样的心心相印，旬日不见则不欢；登楼去梯，一谈便是日暮，说不尽的滔滔心语。有一日，他们如往常一样，登楼去梯，扩日常谈，到了日暮时分，容若从袖中拿出一幅卷轴递给了旁边端坐着的顾贞观。

顾贞观慢慢展开卷轴。一位腰悬佩剑、微侧帽冠的男子浮现在了画卷上。画卷题名《侧帽投壶图》，顾贞观大加赞赏，而在画卷的一侧便题了这首名震古今的《金缕曲》，画气势传神而逼人，细腻而动人。

顾贞观心里溢出了无限的喜悦，这时的容若才十九岁，便可以以如此之礼赠之，他早已心潮澎湃，不能自已。得如此知己，此生足矣。

容若在词里说他本是一个狂放不羁的人，只是因为天意不可抗拒，才生在了乌衣门第，富贵之家。平原君广结门客千古流传，而他也仰慕平原君礼贤下士的高洁，只是这样的心意，天下几人能知？且不料真遇知音，让人快意相投。

"有酒惟浇赵州土"中的"赵州土"便指平原君的坟墓，他劝慰着顾贞观，他们是青眼相对高歌，互相赏识。饮尽杯中酒，不必用红衣翠袖，一样拭尽英雄泪。不必怆然悲慨，男儿建功何时都不晚。

"青眼"便是典出魏晋"竹林七贤"中的阮籍，阮籍也是一个清高气节，恃才傲物之人。据说他能做青白眼，对讨厌的人便会白眼相对，而对高人雅士，他便会露出眼珠，做青眼。顾贞观深慨这样的真情实意，有如此知己，夫复何求？

下阕更加情深意重。贫贱之交见情，身世悠悠何足问，与君相遇，便只与君相醉，生前身后的空名，都当冷笑置之。也许会相逢日短，剩下的缘分要等到他生再续，这样的情深意重，只要牢牢记住，就永远不会改变。自古千金易得，知己难求。

这世上，有人"白首相知犹按剑"，也有人"朱门先达笑弹冠"；相反，就有人"山河不足重，重在遇知己"，更有"钟子期死，伯牙终身不复鼓琴"。

容若和顾贞观倾盖如故，互为知己，顾贞观也再也按捺不住自己的激情，他挥笔回赠了容若一首《金缕曲》，这是文人最真挚的方式，以诗词传情，传意。

　　且住为佳耳。任相猜、驰笺紫阁，曳裾朱第。不是世人皆欲杀，争显怜才真意。容易得、一人知己。惭愧王孙图报薄，只千金、当洒平生泪。曾不直，一杯水。　歌残击筑心愈醉。忆当年、侯生垂老，始逢无忌。亲在许身犹未得，侠烈今生矣已。但结记、来生休悔。俄倾重投胶在漆，似旧曾、相识屠沽里。名预藉，石函记。

　　　　　　　　　　——顾贞观《金缕曲·酬容若见赠次原韵》

文人的交往总是透着一股高雅的韵味，那是一种凡尘外的交流。顾贞

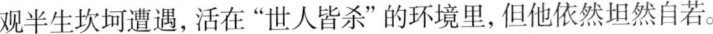

观半生坎坷遭遇，活在"世人皆杀"的环境里，但他依然坦然自若。

杜甫言："世人皆欲杀，我独怜奇才。"或许，这就是英雄的宿命，高亢之歌不是人人皆可唱。绝世的才华才有绝世的高歌，就让世人去嫉妒，去恨吧！千户万户侯，也比不过能遇千年知己。何况，当年的侯生已是垂老，才逢无忌，他又何必急于一时。

写罢此词，他突然豁然了许多，茫茫天下，唯有真情可以独尊。若容是自比平原君，顾贞观则相比侯嬴。

侯嬴是战国四公子之一的信陵君的门客，他大隐隐于市，是修身洁行的志士，家境贫寒的他七十岁仍为大梁夷门的守门小吏。信陵君闻其名后，前来拜访，并以厚礼赠之。然而，他却不为富贵所淫，拒绝了信陵君的礼物。这是他做人的原则，修身远比富贵重要。后来，信陵君设筵会请宾客，都已经高朋满座，他突然间想到了那位洁身自好的隐士侯嬴，于是他丢下了满座的宾客，驱车前往夷门，亲自去接侯嬴。

侯嬴毫不谦让地坐上了车，信陵君亲自握着马缰为他驱车。等到车子已经到了中途，他又说他要去市集中见一位屠户朋友，于是，信陵君又马上改到市集。

侯嬴下车见到了他的朋友朱亥，他们谈得投入，但他却一面侧目窥探着信陵君的脸色，又故意久立。

信陵君的随从很是不解，暗暗地骂着侯嬴，然而，信陵君却始终面不改色，越发温和。

他终于被信陵君礼贤下士的节操所动，他辞别朱亥，随信陵君来到了府中，成为了信陵君的上客。他又给信陵君举荐了一个人，那个人便是市集中为屠户的朱亥，朱亥也是一方贤士，隐身市井间。后来，亲兵围邯郸，赵国向魏国求救，侯嬴献计信陵君，并在朱亥的帮助下，信陵君成功地窃符救赵。侯嬴和朱亥立下了汗马功劳。

侯嬴为谢信陵君的知遇之恩，自尽身亡。侯嬴的才能得以施展，并没有年龄的限制。

在顾贞观看来，他就是这样一个人，他相信他的抱负终有得以施展的一天，而这样的信心，正是容若给了他。他们相遇便成莫逆，这是千年难求的缘分，只是容若不知为何还说出"他生再结"这样魔咒般的言语……

人们常说，人生不过百年而已，茫茫人海间，只寄托缘分。每人寻一知己之迫切，如人间期待一英雄之于乱世，似困于荒沙者渴望水源之于沙漠。在深陷困境之际，能得知己抚慰，实是莫大的感动；于贫困潦倒时，得知己明己心志，更是快然一事。对于顾贞观而言，容若就是这样乱世之英雄，沙漠之绿洲。只是他害怕，害怕他生再结，但这又怎样，他们依旧对饮一杯清水，只求来生无悔。

这一年，容若二十二岁，顾贞观四十岁……

绝塞生还吴季子。这是他们一生最难忘的经历，也是世人难以忘却的千古美谈。

顾贞观之所以会来到京城，也是为他而来，他的至交——吴兆骞。只是他没想到会在京城认识人生的另一知己，纳兰容若。更没有想到，他奔走十几年而无功的救人之路竟在容若的帮助下得以完成。吴兆骞，字汉槎，吴江松陵镇人，生于明崇祯四年。

他和其他文人一样有着一股与生俱来的疏狂。"江东无我，卿当独秀"是他初露的锋芒，也成了他命运的伏笔。他的一生大起大落，跌宕起伏，受尽悲苦。

顺治十四年八月，他参加江南闱乡试，中式为举人。

只是命运弄人，十一月南闱科场案起，因仇家的诬陷，他不得不重新参加考试。只是这次考试，和往日的考试有所不同，皇帝亲自监考，考场的左右立着持刀的侍卫，"每一举人以两持刀之护军夹之"。

这或许是历史上最恐怖的考试。他虽素有才华，或是紧张，或是蔑视政治的黑暗，他交了白卷。于是，他的举人身份便被看作是行贿而得来，他涉案其中。不久后，顺治皇帝亲自立案，他完全没有辩白的余地，从此流放宁古塔。这就是命运的无奈。

此时的吴兆骞，只有二十八岁，却不料，这一去，就是二十三年。二十三年的凄苦生活，二十三年的凄苦之地。宁古塔的苦寒，尽人皆知，"地去京师三千里，犹有屋宇可居，至者尚得活。至此，则望尚阳如天上矣"。

光"宁古塔"三个字便可以凄凉一片人心，让人害怕，这是文人最为不祥的魔咒。他没有想到他的疏狂竟会付出这样的代价，命运的荒诞已经让他无处躲藏。

宁古塔的荒凉一点点消磨着他的韶华，三千里的山穷水恶无情地垂老了年华。

三千里宁古塔，于他不是山，于他不是水，而是憔悴的怀沙。三千里宁古塔，于他不是山，于他不是水，而是年华的荒冢。

他终于忍不住对故土的思念，只有故土才是他心中的春色。于是他给顾贞观写了一封信："塞外苦寒，四时冰雪，鸣镝呼风，哀笳带血，一身寒寄，双鬓渐星。妇复多病，一男两女，藜藿不充，回念老母，茕然在堂，迢递关河，归省无日……"

顾贞观读完，怆然泪下，他深感愧疚与愤懑，恨自己盲目奔走十余年无果，恨人生千里与万里，离别如斯竟无语。

此时，千佛寺外，大雪纷飞，他填词为信，寄与故友吴兆骞，遂成千古绝唱。

　　我亦飘零久，十年来，深恩负尽，死生师友。宿昔齐名非忝窃，试看杜陵消瘦。曾不减，夜郎僝僽。薄命长辞知己别，问人生，到此凄凉否？千万恨，为君剖。

　　兄生辛未我丁丑，共些时，冰霜摧折，早衰蒲柳。词赋从今须少作，留取心魂相守。但愿得，河清人寿。归日急翻行戍稿，把空名料理传身后。言不尽，观顿首。

——顾贞观《金缕曲·寄吴汉槎宁古塔·其一》

只有真正的知己，才有这样的倾心相诉。

容若读罢了顾贞观给吴兆骞的书信，他深为所动，这样生死相交的友谊怎能不让他称叹。容若从信中便可读出吴兆骞的为人，他的才华，他的气节。

尽管他与吴兆骞相隔千里，素未谋面，让他感到的是心灵的相通，在他心里已经将他引为了知己。

相知无远近，万里尚犹邻。容若用一颗赤子之心来对待友人，甚至是友人的友人。在那样世态炎凉之世，难得遇到同样至情至性之人。

情之一物，矢志不渝，这没有局限于爱情，友情更应如此。于是，他以身任之，五载为期，许诺定要救出吴兆骞。士为知己者死，顾贞观能为吴兆骞奔走十余年，不辞辛苦，不畏艰难。他又如何不能为顾贞观赴汤蹈火？只有这样才是生死之交。

容若深知此案是先帝亲定，想要翻案并不是一件容易的事，于是，他和顾贞观决定先将此事禀明容若父亲明珠。

明珠虽不像他们那样至情至性，但听完此事后，他也感慨良多，随即答应了营救吴兆骞一事。

容若和顾贞观看到了希望，顾贞观也终于可以松一口气，他终于可以兑现他的诺言。

他们细心地筹备，从康熙十五年开始，一直到康熙二十年，他们花了整整五年的时间，终于将吴兆骞救回。而在此过程中，还有一人是尽心竭力地帮助他们，那便是容若的老师徐乾学。

他们交齐两千两赎金后，经过几人的不断斡旋，最后他们以"认修内务府"的名义，召还了吴兆骞。

康熙二十年九月，已经流放了宁古塔二十三年的吴兆骞终于还乡。此时，他已经五十一岁了。

二十三年，一个难以言说的数字。二十三年，再与亲友相聚，执手痛哭。真如再生，也恍如隔世。语言皆苍白无力，唯有执手对泣长号，青山湿遍。这不仅仅是吴兆骞的幸运，更是容若与顾贞观的幸运。

容若和顾贞观携手搭救宁古塔才子吴兆骞已是轰动了京城，也正是经过此事的洗礼，容若才深感了一句："知我者，顾贞观耳。"

容若不仅是为了顾贞观和吴兆骞会这样，更是为了那一种无法超越的知己情义。

回到京城的吴兆骞又被明珠引为容若胞弟揆叙的老师。从此三人往来唱和，一番美丽的盛景。然而，孰料多年的塞外生活已经榨枯了吴兆骞的身体，康熙二十三年，五十四岁的吴兆骞在京师借居的府宅中一病不起。

他又想到了那个三千里外的宁古塔，又感到了那里的罡风。或许是命途，或许是光阴，他已然与那个曾经恐惧的地方血肉相连，他一生的韶华都倾尽在那里，而生命也不能让他离开那片土地。他轻轻地叹了一口气，永远地闭上了双眼……

吴兆骞归葬于吴县宝华山之麓，从此长眠地下，尘埃落定。顾贞观未曾想到，他费尽十余载救回的挚友，竟然又一次离开了他们。只是这次，他们再也救不回来了。

他们的缘分就此散尽，剩下的情只有来生再续，正应了容若那句："后身缘，恐结他生里"，只是曾经的他们没有想那么多。不管在爱情还是友情里，原来总有一人，总有一人要先走……而留在世上的人却要愁心似春江水，日日东流无尽时……

幸运的是，容若还有顾贞观，顾贞观也还有容若，他们也因"绝迹生还吴季子"而遂成死友，依然还可以谱写高山流水的故事。

伯牙善鼓琴，钟子期善听。伯牙鼓琴，志在登高山，钟子期曰："善哉！峨峨兮若泰山！"钟子期志在流水，伯牙曰："善哉！洋洋兮若江河！"

伯牙所念，钟子期必得之……

知己是人生的另一种情愫，天水成碧，水落红莲，唯闻玉磬，但此情依旧。容若与顾贞观便是另一个世界的伯牙与钟子期！

最后的诗作：已是过往，已是归程

夜合欢

阶前双夜合，枝叶敷华荣。疏密共晴雨，卷舒因晦明。影随筠箔乱，香杂水沉深。对此能销忿，旋移迎小楹。

当夜幕的钟声响起，当夜合花合上最后的两片花叶，当渌水亭边再一次洒满了如水的月华，当史书落下了最后的一笔，在那个盛世的王朝中，一个声音默默消失了……

如果说生是人生一道古怪的考题，死就是一种无言的解答，只有死亡可以苍白世间的一切念想，只是死亡的世界里没有枯枝，没有落叶，没有一切忧伤的形式。

这也是生命的另一种奥秘，他终于可以完成了历史的使命，再去到另一个世界，为了他的另一个使命。就这样，无穷无尽地在历史中轮回。这是他最惬意的安排，命运也总需要画上一个句号。只是为什么他要选择在这样一个日子离去……

康熙二十四年，这一年，他三十一岁。在头一年的九月，他认识了红颜知己沈宛，两人相处甚欢，只是急促的时间让他们在几个月之后就天各一方。

十月，宁古塔流放二十三年归来的吴兆骞却在京师溘然长逝……到了第二年,无奈的世界让沈宛不得不离开,四月的时候,严绳孙也辞官归乡……

这是他苦难的开始,无尽的辛酸和惆怅的感慨完全充斥了他的心间,他开始揣度人生的意义,开始无尽地恐惧人世的生离死别。

他不知道用什么方式可以挽留这一切,他努力挣扎。只是这样的惆怅和忧愁无疑是抽刀断水水更流,举杯浇愁愁更愁。

他突然想到了一个可以暂缓心愁的办法,这也是没有办法的办法,他只有珍惜当下还存在的,用心去呵护它们。他还有一部词集想要编撰,他写信给了广东的梁佩兰,他希望梁佩兰能帮他完成心愿,完成那部最美的词集——《花间词》。

梁佩兰,字芝五,号药亭,同具才情的诗人,也擅长书画,他是广东鸿儒,当时的王士祯、朱彝尊等人也都对他十分推崇。梁佩兰收到信后,便随即赶来了京城,这是一个盛大的欢喜。

"人生别易会常难",这样的心事时刻在他身边响起,他不想再做过多的忧伤。

于是,五月二十二日,容若便又在自己的渌水亭边设宴,这是他唯一可以让自己轻松一点的方式,这也是他现在唯一可以做的。

他邀请的依然是昔日的好友,顾贞观、梁佩兰、姜宸英、朱彝尊等人。只是吴兆骞已经黯然离去,严绳孙也辞官归隐,他们无法参与这样美好的聚会了。

和以前相比,渌水亭边多了几株小小的花树,那是夜合花,那是美艳而又令人感到凄美的花朵,如同看到柳树一样,总会让人想到人生相别,无限感伤。

夜合花还有另外一个名字,叫作明开夜合花,因为这种树的花,只是在白天开放,晚上就会把花瓣合起来,顾而得名。

这样娇媚冷艳的花,怎能不让他兴奋。看到这样的场景,又激起了文人们心中波澜的情结,他们以夜合花为题,各自赋诗。

夜合花，是容若心中的女子，开得那样静美，疏密共晴雨，卷舒因晦明，她一直都在。

夜合花，是容若一生的知己，生死之交，只为彼此，掷地有声，今生无悔。夜合花，是容若自己，为情而生，蹁跹于世，踽踽行于世之外，情声高亢。夜合花，是容若一切美好的种子，种在前世，所以今生开出了所有的美，表妹的脸，妻子的眉，沈宛的诗，挚友的酒……

也是这样的一株夜合花，送别了容若的最后一程。他看了夜合花一眼，留下了最后的一纸红笺。

那日的相聚后，他一卧病榻，再也没有说一句话，也没有一句诗词。只是他的眼神时而深邃，时而迷茫，时而孤独，时而荒凉，颤动着嘴唇，他似乎在等待着什么。

或许他是看透了，看透了风云雨雪，看透了四季变化，看透了一些流年芳华。或许他倦了，倦了世间的悲喜荒凉，世间的纷繁聒噪，世间的情肠悲伤。他只是想静静地离开，不惊扰任何人的离开……

惊鸿掠水过，波荡了无声。他要做一只惊鸿，一掠人间，倾尽艳影，却是无声而过。

有人说生命是因为历劫而来。只是容若这样的劫难让他再也不堪承受，上天也已经再不忍心看他承受这样的劫难。所以，把这剩下的都在这一瞬间全部解脱。

他不想走得那么快，他要走得更完美，他煎熬着一切痛苦等待着他想要的那天。病倒了七天的容若，终于在病榻上安静地闭上了他阅尽繁华悲喜的双眼，他再也没有了遗憾。

那天是五月三十日，正是那个他等待的日子，那是卢氏的忌日。

八年前，也是暮春的五月三十日，卢氏在那一天，香消玉殒。八年后，又是暮春的五月三十日，容若等在这天，从此长眠。

他和沈宛认识八个月，如魔咒般的数字。他好像是在追寻更远的地方，追寻那个曾经回忆的地方，追寻那个曾经有他幸福的地方……

只是他不知，远方只是虚无。

海子说："远方除了遥远，一无所有。遥远的青稞地，除了青稞一无所有。"

尽管那样虚无，那也是容若等待的日子。

沈宛远在江南，当她得知消息后，她几乎整个世界都崩溃了。她低估了离别的代价，一别如斯，梨花落尽永无期。

……

容若走得突然，他还不知江南的沈宛已经有了他的骨肉，沈宛不久后产下一子，取名福森。沈宛带着儿子从此隐居江南，终老而去……对于挚友，那只是一场寻常的相聚，却不料寻常小聚却成了容若的诀别。

顾贞观也一样，他怎么也没想到比他小十九岁的容若竟会先他一步离去，他更是涕落如雨，深深地感叹道："容若匆匆离去，堂上之双亲何以为怀，膝下之弱子何以为枯？"他声泪俱下，不忍为追。

　　吾哥返之于戍所。每欷言之数进，在总角之交尚且触忌于转喉，而吾哥必曲为容纳，泊谗口之见攻，虽毛里之戚，未免致疑于投杼，而吾哥必阴为调护，此其知我之独深，亦为我之最苦。岂兄弟之不如友，生全今日而竟非虚语！又若尔汝形忘，晨夕心数，语惟文史，不及世务，或子衾而我覆，或我觞而子举，君赏余弹指之词，我服君饮水之句。歌与哭总不能自言，而旁观者更莫解其何故。又若风期激发，慷慨披露，重以久要，申其积素，吾哥既引我为一人，我亦望吾哥以千古。他日执令嗣之手而谓余曰："此长兄之犹子。"复执余之手而谓令嗣曰："此孺子之伯父也。"呜呼！此意敢以冥冥而相负耶？总之，吾哥胸中浩浩落落，其于世味也甚淡，直视勋名如糟粕、势利如尘埃，其于道谊也甚真，特以风雅为性命、朋友为肺腑。人见其掇科名、擅文誉，少长华阀，出入禁御，无俟从容政事之堂，翱翔著作之署，固已气振夫寒儒，抑且身膺夫异数矣，而安知吾哥所欲试之才，百不一展，所欲建之业，百不一副，所欲遂之愿，百不一酬，所欲言之情，百不一吐。实造物之有靳乎斯人，而并无由毕达之于君父者也！犹忆吾哥见赠之词有曰："一日心期千劫在，后身缘、恐结他生里。"又曰："惟愿把、来生祝取，慧业同生一处。"呜呼！又岂偶然之言，而他人所得预者耶？吾哥示疾前一日，集南北之名流咏中庭之双树，余诗最后出，读之铿然，喜见眉宇，若惟恐不肖观之落人后者。已矣！伯牙之琴盖自是终身不复鼓矣，何身可赎？何天可吁？音容僾然，泣涕如渖，再世天亲，誓言心许，魂兮归来，鉴此惊悚。

顾贞观辗转反侧在无数个不眠之夜，终于为容若写下了这篇他不愿写出的祭文，他心灰俱灭，世间再也没有一个这般知己。

于是，他也在容若去世的第二年，了却琐事，独自归隐而去，伯牙之琴就此尘封。

容若像一颗星辰一样陨落，在天际划亮了一道奇光，照亮了尘世，照亮了人心，一年，两年，三年，三百年……

别了，芳华：人生若只如初见

木兰花·拟古决绝词柬友

人生若只如初见，何事秋风悲画扇。等闲变却故人心，却道故人心易变。

骊山语罢清宵半，泪雨零铃终不怨。何如薄幸锦衣郎，比翼连枝当日愿。

"人生若只如初见"，有太多的人喜欢这句词，有太多的人诠释这句话，它也让太多的人感到疼痛，也还会继续让更多的人潸然落泪。

在诗句中的美，在诗词境界中的地位似乎可以用那一句"回眸一笑百媚生，六宫粉黛无颜色"来形容，然而，这样的形容也只是勉力为之。

"人生若只如初见"更像是一种泄露的天机，让人如梦初醒，原来，人心都是这样，人们一直苦寻的结果就在这里。

世间再难找到这样通透的领悟，元好问曾经有一句天问"问世间，情为何物？"问尽了红尘恋人，问倒了世间爱情。而容若的一句"人生若只如初见"却是道尽了世情，问蒙了苍生。

滚滚红尘，所有的邂逅都是没有预期的，总以为那只是顺理成章的缘分，那四目相对的瞬间是偶然也是必然，人们不再珍惜，一晃而过……

惊艳，心动，美妙……一切无法言说的美好都被定格。

相逢好似初逢时，未曾相识已相思。只是，再一次转身，再一次回眸，就成了千山万水，成了过眼云烟。再回看一眼初见的剪影，初见的惊艳已然改变。突然的背道而驰，渐行渐远，消失在人海，只剩下了孤独的身影在素白的宣纸上信手涂鸦，扉页上满是忧伤的点点墨迹，飘散的一缕墨香也遗落在缱绻的风中，所有的美好，所有的柔情，所有的种种，都徒留了惆怅满腹，相思满地，晶泪淌干，再也回不到初见的从前。

于是，初见的故事一次一次灼伤世人的双眼。

曾记得，初见，在骊山行宫，雪花女天生丽质难自弃，她一朝选在君王侧，从此，骊山的行宫多了一个新主人，玄宗再也无法自拔，尽管她是自己的儿媳。只是，初见的美让他无法抑制地恋爱了，他才不会管那世间的闲言闲语，只是沉醉。"从此君王不早朝，三千宠爱在一身。"只因初见太美，太绚烂。

曾记得，初见，在河中府的普救寺，崔莺莺针织女红，诗词书画无所不能，让张生不爱美景爱美人，"十年不识君王面，始信婵娟解误人"，只为能够多见她一眼，他住进了普救寺的西厢房，夜夜偷看她上香的美态。爱慕之心从此燃起，十里长亭送别，他只希望可以取得功名早日完婚。只因初见太美，他们可以跨过一切艰难险阻，穿越人生万难。

曾记得，初见，霸王的西楚地，她的容颜倾国倾城，才气并重，舞姿美艳，她还有一个美丽的名字，她叫虞姬。从此，他们日夜相伴，甚至血腥厮杀的战场也有她的身影。只因初见太美，得此佳人，便可共谱华章，那是此生极乐。

曾记得，初见，幽王的宫殿，褒姒无奈地站在大殿，美得动人，一瞬间便成了幽王最宠爱的美人，只是她终日郁郁寡欢。只因初见太美，他便不惜千金，不惜烽火戏诸侯的代价，只为博得红颜一笑。她笑了，山河都寂灭了。从此，他便成了历史上的昏君，背上了永世的罪名。虽然他于历史有难，但是从爱情的角度来说，他不过是个傻傻的痴情男人。

……

太多的初见，太多的美，然而，结局都让人不忍目睹。

马嵬坡边，玄宗还是背叛了杨贵妃，"六军不发无奈何，宛转蛾眉马前死。"他只有眼睁睁地看着美人离去。"马嵬坡下泥土中，不见玉颜空死处"，只是不知玄宗以后再见马嵬，该当如何？

十里长亭边，张生终得状元归，只是崔莺莺已嫁他人，从此，有情人终成眷属便成了人们心中最美好的愿望。

垓下之歌也四面奏响，"时不利兮骓不逝。骓不逝兮可奈何，虞兮虞兮奈若何！"四面的楚歌终于还是落成了霸王别姬的凄惨。

周幽王也最终覆灭了自己的王朝，红颜误国，"四大妖姬"之一的褒姒也无奈地背上了误国的骂名。"妖姬"就变成了她最后的归宿。

初见都是如此之美，只是结局都是如此之伤，他们都不曾预料到这样一种结果。

也因此，他才会在西风自凉，黄叶闭窗时，静静地捻起一片片如叶般飘零的寂寞，渐渐地沉默下去。

他说"等闲变却故人心，却道故人心易变"。

他未变，故人亦没变，世事如白云苍狗，只是世事在变。世间的缘聚缘又散，美丽也总是在回眸之间便已消失。蓦然回首，清泪暗弹。

初见的那一抹美丽在心灵中朦胧欲现，那一种惆怅，那一种犹悔，那一种沉沉的痛。

月的阴晴圆缺，人的悲欢离合，都只是行将流走的江水。走了，逝了，累了，痛了……

一声琴音响过他的身旁，幻化成心底激滟的波动，繁漪不绝。他心如水，不染浮华；他心如水，清澈明净，潇洒而来，姗姗而去。

容若历经了尘世的沧桑后，留给了世人无尽的冥想，他在世人的心中再也无法抹去。他不是死去，不是解脱，而是在世人心中的一种重生，不灭的重生……

人生若只如初见，他只是一个富家公子，翩翩少年，骑马林间，可以风流倜傥，可以纨绔一生。

人生若只如初见，他只求天有情，赐他白头，携手伊人到永远，从此不叹离别不叹伤。

人生若只如初见，他不写离别赞歌，不诉伤情之声，曲终人散也与他无关，绚丽的余生便不再是他奢求的梦寐。

人生若只如初见，他的人生便不会分为一个又一个的十年，十年一踪迹，十年一种心。

银床淅沥青梧老，屧粉秋蛩扫。采香行处蹙连钱，拾得翠翘何恨不能言。

回廊一寸相思地，落月成孤倚。背灯和月就花阴，已是十年踪迹十年心。

——纳兰容若《虞美人》

容若的一生可分为几个十年。

第一个十年，他无忧无虑，他只读诗书，只修骑射，他心怀抱负；第二个十年，他情窦初开，热情四溢，他一心要干一番事业，他崭露头角，为爱，为才，为事业。第三个十年，他沧桑巨变，拥有了爱，却又一次次失去爱；他一次次相聚，却又一次次分离；他有了一个官职，却一直守着那个官职；一次次护驾出巡，一次次形单影只。第四个十年，他再也无法承受这样的十年。

十年一浮生，十年一断点，十年几春秋，浑噩不自知，他在这样的岁月里，只有选择离去。

他的生活不需要华丽，功名、家境、才华，他什么都有，只是他却想要一种平凡的生活，粗茶淡饭，粗布麻衣，相对终老。

只是他在这一个个十年里却不曾找到那样的生活，上苍给过他幸福，却不是让他用来享受，而是让他用来怀念。今生今世，念念不忘。

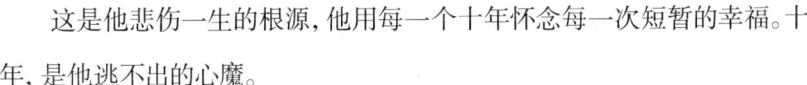

　　这是他悲伤一生的根源，他用每一个十年怀念每一次短暂的幸福。十年，是他逃不出的心魔。

　　黄庭坚说："桃李春风一杯酒，江湖夜雨十年灯。"杜牧说："十年一觉扬州梦，赢得青楼薄幸名。"东坡说："十年生死两茫茫，不思量，自难忘。"

　　十年是上天安排的命运，每一场相识是十年，相爱也是十年，怀念也需要十年才会变得醇厚。已是十年踪迹十年心。

　　容若心里有多少个这样的十年，他又是怎样度过这一个个十年的。

　　他在临别之际追忆着他的每一个十年，每一次错失。只是，这时，已经不仅仅是十年，而是他的一生。

　　人们往往都一样，总会在失去时才会慢慢追忆，追忆那些已经错失了一生的东西。生命如此匆匆，只是那些华年，一瞬间就成永远，就成了一生。在容若的世界里，饱含了人世间太多这样的沧桑故事。

　　就像有人说，爱容若，爱的不一定是容若，而是从他的词间看到了自己，他就像一面人间镜子，让每个人都可以看到自己最真实的一面。

　　世人们更爱他出淤泥而不染，濯清涟而不妖，他是一株尘世高洁的雪莲，他渴求精神的完美，三十一岁便撒手人寰。却在时光深处，永生。

　　他来如挣脱云层的雪花，走的时候也静得如雪，静静地融化……

后　记

搁笔之处，已是百花开尽，夜幕落时。然而心中却是一片繁华的图腾。心绪被一种饱满的情绪充盈。

我们始终期望能够平静心绪，渴望一种宁静的力量。或穿行于林荫小路，或是午后宁暇里品一杯清茶，或是在大自然里聆听一声声鸟语，或是在花丛中轻嗅一缕暗幽花香……而笔者唯独钟爱沉湎于时光旧处，品一阕纳兰词，感怀一段风花雪月的幽古生命。

翻开词集，跳上历史的时光机。行走在诗词间，溯回百年光阴。在历史的回廊中，有多少人曾如我一般，无数次地呼唤：纳兰，纳兰！

这个优雅却迷茫之中散透出几分哀愁的名字，或许，天生就属于这个留给后世无数遗憾的惆怅男子。一次次地在内心深处轻唤这个名字，任凭一首首诗的泉水在心中流淌而过。缓缓地留向内心深处。

一生富贵荣华，一世清词繁花。他有权倾朝野的家世，两情相悦的红颜知己和傲世的才华。生命赋予他极尽绚烂的人生，他却汲汲地渴望一种宁静。深处繁华境，心中却在构建一座世外桃源。

他的渴望，极尽清澈而简单，和最爱的人，执手相看细水流年。天下人唾手可得的幸福，却成了他的奢侈品，永远到不了的彼岸。

他仿佛就像是一个永远长不大的孩子，执着地走在他渴望的路上。不忘初心，不忘弃前路。纵使岁月禁锢他的生命，他依然保持着烂漫的灵魂，与时光长生。

越是奇美的花，越容易凋敝，越是灿烂的生命，越是容易消陨。那一袭长袍，拥有一双美丽迷离的眼眸的翩翩公子，在生命最美的枝头凋落。风华正茂之时却猝然长逝。他匆匆走完三十一年的生命。他是那浩瀚的历史长夜中一颗璀璨的流星,照亮整个天空。纵然人生短促,但他的生命始终都是极致的精彩。他的落寞与情思,成了时光深处一处美丽的景致,从你发现他开始,便烙印在你的心中。生根,开花,开到繁华,永不会荼蘼。

他始终散发着一种极致的美丽,纵使隔了沧桑岁月,只增不减。你越是走近他,就越对他着迷。那是一种难抵的隐,无解的蛊。读他的词,宛若置身于三百多年前的大清岁月。这个生活在三百多年前的男子,在他的词章中不倦不悔地倾诉着对感情的执着,对友情的坚定,像一剂剂疗伤的温泉汤药,温暖了、唤醒了我们冰封的情感。

一双冷眼热望,他总是轻易地参透世情。国学大师王国维曾经道:"词至李后主而眼界始大。"而就在我笔墨下的容若也曾经说过:"花间之词,如古玉器,贵重而不适用,宋词适用而少质重,李后主兼有其美,饶烟水迷离之致。"而容若本身也就是这样一位词人。

然而,他的人生终已落幕,他的词魂却在时光里绵延,永生。此时的你,是否愿意一道,在纳兰词中徜徉?

在这里要特别感谢孙玉梅、陆卫平、朱丹红、刘丽娟、高曼、杨喜鸿、王海荣、张荣川、张洁、王伟华、方刚、刘峰、杨逍、郝晋芬、杨静、侯小芳等各位老师,感谢他们不辞辛劳为本书所作的查证资料等辅助工作,在此予以真挚地感谢。

更多精彩内容，敬请关注

走近唐诗品人生系列

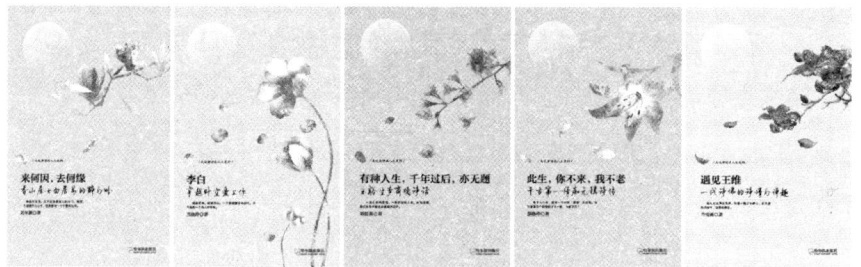

走近古典品人生系列

走近宋词品人生系列